輪舞 La Ronde

劇本與演出

La Ronde

輪舞

La Ronde 輪舞

亞瑟·施尼茲勒　原著

黃惟馨　改譯

作者序

　　《輪舞》（ La Ronde ）是奧地利劇作家亞瑟‧施尼茲勒（ Arthur Schnitzler ）創作於一八九七年的作品，劇中透過十段男女的對話表現出當時奧地利道德墮落、追尋慾望的人性面貌。由於這個作品是德語世界中第一個將性行為搬上舞台的劇作，在完成之後即不斷遭到禁演；當它在祖國首演時已是發表的十二年後了。本劇的內容，以現今的眼光來看，我們或許會訝異於當年奧地利人的保守與狹隘。而劇中的主題、人物的對話以及人性的描寫，則在在顯示出作者同時身為精神疾病醫師與作家的細膩與深度。

　　《輪舞》所描述的是人性精神層次的病態，作者在十個場景中，將五個男人與五個女人，像華爾滋舞蹈中的交換舞伴一般，輪流替換，最後成為一個圓；在每一段的接觸中，我們看到一對男女相互調情，再轉身投入他人的懷抱，最後終點回到起點，完成了整首"不正常的愛"的圓舞曲。

　　在全劇十個場景中，我們看到不同階級、身份和職業的男女，各自以不同的方式"追求"並"完成"相同的慾望滿足。從下層社會的妓女、士兵、女僕、女僕的少主、有夫之婦、丈夫、邂逅的少女、詩人到上流社會的著名女演員與公爵，似乎在追求性愛的道路上，是沒有社會階級之分的。當這場人人平等的'性愛派對'曲終人散之時，公爵在妓女的床上醒來，面對一個陽光初現的早晨，一句親切溫柔的"Good Morning！"又開啟了下一回合的輪舞。

　　雖然這是一個作者對當時社會墮落、腐敗現象的抗議與警告，但不同於當時其它的作家，施尼茲勒以細膩而富同情心的筆觸來描寫這些人物，使得劇本讀來更加生動有力、饒富趣味。

在《輪舞》寫成的一百年後我將它以中文譯出，並於國家劇院實驗劇場演出。對於台灣的劇場而言，應是首演；對我來說，則是一次有趣的導演嘗試。

　　本書包括了二○○○年演出時的劇本，配合時代環境的差異與變遷，我將原著做了小部份的修改，並增加一些舞台指示，以適合演出；書後並附上當時演出留存的影像創作紀錄，期待您的指教。

黃惟馨

二○○三年一月

告別世紀末的華爾滋

> 這裡是多麼醜陋啊.....處處黑影幢幢，這個城市一片漆黑，所有的事物都顯得那麼僵化。
>
> 伊貢·席勒（Egon Schiele）

一九一〇年著名的維也納分離派畫家伊貢·席勒在寫給朋友信中，如此抱怨著身處的城市。它一方面呈現出這個終身活在死亡陰影下短命畫家陰沉晦暗的內心，也描摹出一個與我們熟知的"優雅、浪漫"全然不同的城市印象。

長期作為神聖羅馬帝國及哈布士堡王朝王室都城的維也納，佔地利之便擁有當時歐洲最繁盛的景緻，二千年來一直是東、西歐間交通的重要門戶，由維也納森林穿出的多瑙河，蜿蜒流過城市。城內歷經各王朝巨資修建，哥德式、巴洛克式、文藝復興式風格的王宮、教堂等歷史建築林立，城外則遍佈著許多美麗的鄉村，鄰近城郊的田莊及森林山坡地上栽種著釀酒的葡萄，無數的酒窖四季開放，王公貴族在田野間騎馬狩獵、品酪歌唱，一片浪漫、迷人的風情。

一八一四年拿破崙戰敗退位，梅特涅主持維也納會議，使奧地利收回失地，並組成德意志聯邦和歐洲神聖聯盟，成為日耳曼各邦領袖，奧匈帝國國力達到頂盛。國土疆域從大西洋濱橫跨整個歐洲直抵烏克蘭，管轄居民四千六百萬人，由多種不同語言的民族所共同組成。但從十九世紀的後半葉起，歐洲內部的民族主義興起，共同語言及文化根源成為建立穩固國家的基本訴求，「部份王室成員甚至不說德語」的哈布士堡王朝的統治正當性，開始受到質疑，也益發顯得不合時宜。早從一八一五年，帝國內部的民族衝突矛盾即已出現隱憂，一八四八年的學生抗議與匈牙利革命浪潮，更增強了分裂的危機，雖然一八六六年與義大利和普魯士交戰失利，帶來短暫的內部團結，但並未能真正修補裂痕。因此當一九一四年與塞爾維亞王國間的民族紛爭，引發世界大戰的開打，奧匈帝國的瓦解成為必然的結果。

　　一八六〇年，主要由日耳曼中產階級及猶太人支持的奧國自由主義，在與貴族及巴洛克專制主義的鬥爭過程中，首次取得勝利，建立立憲政權，取得了維也納的統制權。一八五七年，法蘭西斯‧約瑟夫皇帝宣布開放軍事用地讓市民使用，建於十三世紀的維也納城牆遭到拆除，代之以五十七公尺寬、四公里長的「環城大道」（Ringstrasse）。這條環繞整個城市的林蔭大道，立刻成為歐洲最美麗的城市通衢之一，路面的鋪設專為馬蹄而設計，自由主義者嘗試以此重新塑造維也納，在大道兩旁興建一系列巴洛克式風格的公共建築----國會大廈、市政廳、大學、皇宮劇院----與租賃宅邸，並在其間裝飾以尖塔、壁柱、拱廊及紀念雕塑。整體而言，環區的建設反映出自由主義中產階級與專業人士的社會理想與美學傾向，以及一種對貴族生活與過去偉大光榮時代風格的追求與模仿。因此城牆拆除了，市容美化了，社會階層的距離卻沒有拉近，環區仍將舊城中心與新郊區截成兩段。城內窄巷如迷宮般延伸各處，皇宮堡、豪邸住宅區間座落著教堂及精品店，這裡是貴族和有錢中產階級的生活堡壘；環形大道以外向四周鄉村擴散的郊區，則是大多數平民居住之處。這些由中下階層組成的平民是讓這個國家運轉的真正力量，絕大部份是工人，許多來自外地。在十九世紀後半葉的五十年間，維也納人口成長了四倍，主要是來自各地的移民，包括捷克人、匈牙利人以及東歐猶太人；他們受到工廠高薪的誘惑，紛紛前來尋夢，但夢想很快幻滅，他們最終落腳的貧民窟情況是全歐洲最差的。

　　一九〇〇年維也納的人口達到二百萬人，是歐洲第四大城；然而，當地出生的居民卻不到一半，帝國境內的語言從羅馬尼亞語、吉普賽語、波蘭語到義大利話。多種民族、多樣文化的聚集，引發劇烈的衝擊，使世紀末的維也納成為一個森羅萬象的城市。

　　政治上，這裡有五花八門的信念和運動，「從反資本主義的市政計畫到為恢復舊秩序鼓吹的狂熱反社會主義運動，從政治性的天主教義到反猶太的基督教社會主義，----」在文化上，這裡有為新資產階級服務的傳統藝術家及工匠，以及代表維也納現代主義運動的第一個浪潮：「青年維也納」（Jung-Wien）作家及

「分離派」藝術家。

　　一八九五年，由農民、工人以及斯拉夫民族支持的反猶太天主教徒卡爾・呂格爾（Karl Lueger）在選舉中獲勝，約瑟夫皇帝儘力抵擋了二年，最終仍不得不屈從選民的意志，批准呂格爾擔任維也納市長。從此維也納進入一個新紀元，自由主義者只好戴上「假鼻子，遮住自己焦慮的臉孔----大家聽到的不再是快樂的華爾滋，而是暴民亢奮爭吵的叫聲，以及警察強將敵對雙方拉開的咆哮聲。」焦慮、無助及社會暴力的陰影，成為社會的新氛圍，多數身為自由主義者的藝術家、作家和知識份子，對時代的變遷感到困擾；擔心衰敗、死亡和災禍在任何時刻會侵襲他們。他們一方面不再相信理性、道德與進步，一方面又難以放棄舊有的傳統信仰，也就是強調道德、科學以及法律的文化；最終反映在他們的作品，形成一種強調自我個性，濫情、神經質、苦中作樂、焦慮，「對藝術與感官沉迷帶有一種自我譴責罪惡感」的綺麗風格。其中具有代表性的人物包括：分離派畫家克林姆（Gustav Klimt）、席勒、奧斯卡・柯科席卡（Oskar Kokoschka）、作曲家荀白克（Arnold Schoenberg）、偉大的精神分析大師佛洛依德（Sigmund Freud）以及一群以霍夫曼斯塔爾（Hugo von Hofmannsthal）為首的青年維也納作家，其中包括年輕的施尼茲勒。

＊　　＊　　＊　　＊　　＊

　　身為著名猶太裔喉科醫生的兒子，施尼茲勒繼承父業，在一八八五年完成維也納大學醫科的學業，正式成為醫生。在校期間曾進行「神經衰弱的催眠治療」的研究，對歇斯底里（hysteria）、神經失常（nervous disorder）、性病理學（sexual pathology）以及心理治療（psychotherapy）等主題作廣泛地探討。因為這樣的背景，施尼茲勒在他日後的作品中，便經常以當時維也納社會中各種心理、生理的病態現象為題材，並透過醫生診療病患的精神，以及作家同情、理解的態度，建立起一種融合人道主義及社會批判的基調。

　　施尼茲勒首篇公開發表的作品諷刺詩《芭蕾舞女的情歌》，於一八八〇年慕

尼黑的一家報紙上刊載，他首次將"性"的主題與"金錢"做了嘲諷式的連結。當時施尼茲勒正徬徨於醫學與文學之間，對自己年輕旺盛的性衝動和社會上充斥的混亂性關係也感到困惑。十七歲時施尼茲勒曾問他父親"一個年輕的男人要如何解決性慾的問題，而不會冒犯社會道德也符合衛生學的要求？"父親規勸兒子"暗地裡把它簡單地甩掉"。明白"自慰"的暗示，顯然無法解決施尼茲勒的問題，他不顧父親的勸告轉而追求年輕的良家婦女，特別是沒受過什麼教育並且渴望愛情的年輕女孩。這些在當時維也納上流社會被膩稱作"小甜心"（Susses Madel）的女孩，往往是幫傭或商店助理，家境貧窮，未經世故又愛玩，任何一個浮誇男子的青睞就會讓她感到受寵若驚，並會為收到的禮物、晚餐和舞會的邀請而雀躍不已，而欣然地把自己交給對方。施尼茲勒周遭的朋友們幾乎都跟這些小甜心上過床，在當時是一種普遍的社會現象，而這種性關係的最終結局，女孩們在歷經男性剝削，完成滿足陽具衝動的任務後即遭拋棄。施尼茲勒在作品中細心描繪小甜心在現實裡悲慘的存在，卻也認為她們是自甘如此。

維也納作為世紀末歐洲的地理軸心與文化中心，除了有高水準的戲劇和音樂演出令人稱羨，它所提供放縱的兩性關係也聲名遐邇。城中到處是垂手可得的女子，雖然這裡的道德要求和歐洲其它城市一樣強烈，但男人們一邊假裝遵行，另一邊卻用同樣的力氣去違反它；受過教育中產階級的父親小心翼翼地看管家中的女兒，自己卻不時帶著妓女上旅館、鬧外遇。性關係混亂成為維也納社會腐爛的跡象，當流行歌曲將邂逅、私通予以浪漫化，並且用傷感塗飾黃昏時刻在小別莊中的偷情情趣時，一群嚴肅的知識份子開始攻擊這種虛偽的雙重道德標準，並透過對這類社會病態的診斷，揭發放縱性慾和公共生活的表理不一。

其中克拉夫-艾賓（Richard Krafft-Ebing）、魏寧格（Otto Weininger）和佛洛伊德是以科學方法研究性行為的佼佼者，而魏德金（Frank Wedekind）、穆西爾（Robert Musil）和施尼茲勒則是在文學中探討性主題最有名的的作家。

克拉夫-艾賓在他的論文《性的臣服與被虐待症》（1892）中指出，這種道德矛盾、衝突的狀況是由於時代因素所造成的疾病，「今日文明人的生活方式裏充

盈著種種不合衛生的因素，這些有害的因素直接、嚴重地作用於腦，無怪神經質會可悲的增加。差不多就在這十年裏，文明人的政治、社會以及商業、工業和農業情況的改變，突然間震盪、搖撼了職業生活、公民權貴及財產狀況；而不得不犧牲神經系統的健康。文明人拖著疲憊的身心，卻要付出越來越大的精力需索，無怪乎任怎樣也復元不了。」耶爾（Wilhelm Erb）也在《論現代不安狀態增加之趨勢》（1893）一文中陳述，「這個時代的超凡成就，每一個發現與發明，為求進步的緊張競爭，都需以巨大的心智努力來換取和保持。社會對個人能力的要求嚴苛的不像話，人只有付出所有的智能才能夠掙扎著苟延殘喘；同時個人慾望、享樂的要求也無時無刻不受到刺激而高漲----不忠、貪婪、無底洞的慾望，瀰漫在社會的每一個階層、每一個角落----嚴重的政治、工業、經濟危機，風起雲湧般席捲的範圍日益擴大，每個人都想過問政治，人世間無止境的利害關係，使人心永遠盤算個不停，侵佔了休閒、睡眠和娛樂的時間，大城市的生涯越來越繁複多端，衰竭的神經只能以更強烈的刺激、縱情和狂歡來求復元，而事後不免變得更加衰竭。」

　　新興的心理學家診斷出維也納社會的神經衰弱症，但大多數的維也納人仍沉溺於快樂城市的幻夢，希望在史特勞斯（Richard Strauss）的音樂伴奏下，到畢得邁爾（Biedermeire）舞廳裡跳上整夜的華爾滋。力圖拯救社會的作家、藝術家以及科學家們，奮力扯出了現實與夢想的裂痕，呈現出世事變化無常的真實感受；而這無常之感卻是每個維也納人拼命想壓抑住的。

　　一八九〇年施尼茲勒終於下定決心以寫作為其畢生事業，完成了第一個劇本《安納托》（Anatol, 1889-1892）。施尼茲勒以優雅而慧黠的文辭創造出一個輕浮、熱情的角色。在七個不同的場景中，安納托以不同的裝扮更換著不同的愛戀對象，在一連串調情、示愛與富有哲思的對話背後，隱藏著主人翁面對動盪混亂人生時內心的空虛感。對安納托而言，人生不過是一連串垂手而來的調情與短暫羅曼史，如云云眾生慾海沉浮，對於現實卻是視而不見。劇中安納托的摯友麥克斯（Max）就說到"你並不需要真實....，你要的是持續的幻覺"；施尼茲勒認為

「持續的幻覺」，正是脆弱的個人在面對現實苦痛時最佳的逃避。

這樣的想法與主題在其往後的作品中不斷的出現。一八九五年完成的《 Light o' Love 》一劇中，男主角弗列茲（ Fritz ）的朋友為了阻止他與有夫之婦的婚外情，介紹了一個美麗的少女克麗斯汀（ Cristine ）與弗列茲交往，克麗斯汀也因而瘋狂的愛上了男主角。之後，弗列茲在未告知克麗斯汀的情況下，接受了先前女友丈夫的挑戰而死於決鬥槍下，克麗斯汀得知真相，發現自己不過是另一個女人的替代品後，無法接受愛情幻覺的破滅，以自殺結束生命。 對施尼茲勒而言，"愛情"是短暫易變的，在他後來的幾個劇作中，如《綠鸚鵡》（ The Green Cockatoo;1899 ）、《 The Lonely Way 》（ 1904 ）、《 The Vast Domain 》（ 1911 ）以及《 The Comedy of Seduction 》（ 1924 ），主題也都圍繞在‘脆弱的愛情關係’引發的悲劇。‘情人間理所當然的背叛’、‘婚姻關係外心照不宣的偷情’以及‘飲食男女的愛情性愛觀’----種種反映當時維也納社會背德、失序的性愛冒險題材，提供了施尼茲勒豐富的創作泉源，使他成為除了佛洛伊德以外，最早將現代精神病學研究，置放於藝術作品中的作家。佛洛伊德並在施尼茲勒五十歲生日為他慶生時，稱他為共同研究‘為人忽略而嫌惡的性慾’的同路人。

施尼茲勒從未真正放棄他的行醫生涯，但《安納托》一劇為他在劇壇中取得了一席之地（施尼茲勒甚至以 Anatol 作為早期創作的筆名），再加上《 Light o' Love 》的成功，自此之後施尼茲勒逐漸將重心轉向創作。然而，身為一個猶太人後裔，施尼茲勒一生常因此而備受爭議。一九一二年《 Professor Bernhardi 》一劇中，他以自己的父親為原型，創造了劇中那位意志堅定的猶太醫生，為了不打擾一個已無法醫治的女病人，他拒絕神父為她做臨終禱告，以致引起一場政治風暴並丟掉職位。此劇不僅探討了種族意識的差異，同時也呈現出科學與宗教之間永遠的衝突；此劇一經發表，隨即引發了維也納社會極度的震憾，施尼茲勒本人遭受到反猶太人士猛烈的批評與攻擊。

在戲劇作品之外，施尼茲勒同時從事小說創作，最有名的短篇小說《古斯托

上尉》（ *Leutnant Gustl*,1900 ）是最早以意識流手法表現的德語作品。它以虛構的手法記錄一位年輕少尉因為一個平民在擁擠的衣帽間裡握住他的劍柄而激起的持續內心獨白；書中質疑了俗套的榮譽觀念，並呈現男人最私密的思想。這篇小說在構成及觀念上都很激進，也因為揭露了軍隊虛無的教條主義而惹上麻煩，當局並因此取消了施尼茲勒候補公務員的資格。

＊　　＊　　＊　　＊　　＊

　　寫成於一八九七年的《輪舞》，則是引發最多爭議的作品。最初，施尼茲勒只印了兩百本流傳，但很快就在藝文界引起騷動。一九〇三年，施尼茲勒的出版商將《輪舞》正式出版，當第一次在維也納公開讀劇時，遭到了警察局的制止。許多的報紙與劇評如驚弓之鳥般地將這個劇作視為猥褻、顛覆道德的墮落象徵，衛道與偽善人士紛紛避之唯恐不及，在德國甚至遭遇禁演的命運；此後的十年，施尼茲勒憤怒地收回此劇，不再做任何的公開讀劇或演出。一九一二年，在未經作者的同意下，布達佩斯的一個劇團推出了《輪舞》的首演，兩天之後遭到禁演；一九二一年，作者的故鄉維也納首度將它搬上舞台，演出時同樣面臨抗議份子的阻礙，劇院也同時遭受攻擊與破壞。

　　《輪舞》劇本由十段對話組成，劇中人物有十人，五女和五男，分別為妓女、士兵、女僕、年輕的紳士、少婦、丈夫、少女、詩人、女伶和公爵。兩兩依序出現，第一場是妓女與士兵，第二場是士兵與女僕，第三場是女僕與年輕的紳士……第十場是公爵與妓女。十種配對分別出現在十個場景之中，以類似圓舞曲交換舞伴的方式進行，最後第五個男人與第一個女人共舞而形成一個圓圈。每一場戲中，男女二人無論是不期然的邂逅或是事先安排的約會，總是先進行一段對話，接著發生性接觸，性愛結束後，再以另一段對話為這次的相遇畫上句點；週而復始，依次循環。

　　劇中施尼茲勒藉由不同階層的人際關係，細心刻畫了當時存在維也納社會中

各式各樣的背叛及變態心理，以極細膩的心理剖析手法，表現資產階級及封建階級內在心理的頹廢、道德的墮落、以及對美好生活的嚮往。在藝術表現手法上，施尼茲勒並不刻意追求故事情節的引人入勝，和戲劇結構的嚴密緊湊，而以其一貫獨立成章的段落和對話方式，呈現出一種特殊的敘事效果。同時他刻意避免在舞台上表現出激烈的衝突與鬥爭，筆下的人物溫文儒雅，只是被無窮無盡的慾望壓得喘不過氣來。

＊　　＊　　＊　　＊　　＊

　　一九一二年密友德國劇場導演奧圖・布拉罕（Otto Brahm）因病過世，施尼茲勒痛失創作上的夥伴，加上隨即而來的世界大戰，造成奧匈帝國瓦解的雙重影響，轉而從事小說及短篇故事的創作。而與妻子的離異，以及經濟上的困境，施尼茲勒晚年大部份的時光都在維也納附近的別墅中度過，從那兒可以俯視著提供他無數創作靈感的城市；然而，時光流轉，舊日繁華的維也納已悄然逝去，世紀末的華爾滋也不復聽聞。

　　一九二八年，施尼茲勒十九歲的女兒因為婚姻問題在義大利跳樓自殺；對施尼茲勒造成沉重的打擊，一九三一年，這位傷心的父親因為腦溢血，與世長辭。

輪舞 La Ronde

劇中人物

妓女

士兵

女僕

年輕的紳士

年輕的妻子

有婦之夫

甜美的少女

詩人

女伶

公爵

第一景

妓女與士兵

傍晚時分，奧加騰橋〔位於維也納中部，多瑙河上的一座橋。〕一個士兵正吹著口哨邁向歸營之途。

妓女：喂！年青人！〔士兵轉過身來，又繼續的走著。〕
　　　　你不過來嗎？

士兵：妳是在跟我說話嗎？漂亮的小姐！

妓女：當然是你，還會有誰啊？走，跟我走，我就住附近。

士兵：我沒時間，我該回營了！

妓女：你會有時間的，你會喜歡跟我在一起的！

士兵：〔走近她〕嗯，也許。

妓女：嘿！巡邏的衛兵隨時都可能會經過這裡。

士兵：巡邏的衛兵？我身上也帶著槍啊！

妓女：好吧！那我們走吧！

士兵：還是算了吧！我已經沒錢了。

妓女：你不用錢啦。

士兵：〔楞了一下，兩人站在街燈下〕不用錢？為什麼？

妓女：老百姓付我錢啊！像你這種人我都免費招待的。

士兵：哦！你就是胡伯告訴我的....

妓女：我不認識什麼胡伯。

士兵：對，妳就是那個人。沒錯！就在那邊的咖啡館，他跟妳回家。

妓女：那咖啡館裡有很多人都跟我回去過，很多。

士兵：好吧！那走吧！

妓女：怎麼了？你現在又急了啊？

士兵：不然還等什麼？我十點要回去值班。

妓女：你在部隊多久了？

士兵：那不關妳的事。妳住得很遠嗎？

妓女：走個十分鐘就到了。

士兵：那太遠了。來！吻我一下！

妓女：〔吻了他〕我喜歡的人我才帶回家的。

士兵：我想算了，不，我不去了，太遠了。

妓女：那我跟你說，你明天下午來好了。

士兵：好，給我地址。

妓女：也許你不會來。

士兵：我已經答應妳啦！

妓女：嗯....這樣吧，如果你今晚嫌我那兒太遠....那就....嗯....〔她指向多瑙河邊〕

士兵：那邊有什麼？

妓女：那裡很清淨，現在這時候不會有人。

士兵：好吧！那快點！

妓女：小心點，那兒很暗，只要滑一下，你就掉進河裡了！

士兵：那倒也好。

妓女：喂！等一下，前面會有張長椅。

士兵：妳對這兒很熟嘛！

妓女：我想要一個像你這樣的男朋友。

士兵：我不是很安份的。

妓女：我很快就會將你馴服。

士兵：哈！

妓女：小聲點，有時候會有警察晃到這兒來。你沒想到你現在會在這兒吧？

士兵：過來！

妓女：喂！輕一點，我們會滑進河裏去的！

士兵：〔抓住了她〕哦，別傻了！

妓女：抓緊我。

士兵：別怕……

*　　　*　　　*　　　*

妓女：剛剛如果是在長椅上會更好。

士兵：啊？有什麼不同？好了，起來了！〔伸手拉她〕

妓女：急什麼嘛？

士兵：我得回營了！我已經遲到了！

妓女：告訴我，你叫什麼名字？

士兵：妳為什麼要知道？

妓女：我叫蕾歐卡蒂亞。

士兵：哈！以前從沒聽過那名字。

妓女：聽……

士兵：又怎麼了？

妓女：給我點錢付房租吧？

士兵：哈！……妳以為我是你的飯票嗎？再見了，蕾歐卡蒂亞！

妓女：〔他已離開〕吝嗇鬼……皮條客！

第二景

士兵與女僕

　　普萊特公園〔沿著多瑙河的一個現代化的大公園。〕星期天傍晚,遊樂場外一條通往漆黑樹蔭大道的小路上。公園的大廳裏傳出了陣陣音樂,管樂團正演奏著一首波卡舞曲。

女僕:先生,請告訴我為什麼你要那麼急忙的離開?〔士兵尷尬的笑〕音樂那麼美,而且我是很喜歡跳舞的。〔士兵伸出手,攬著她的腰〕

女僕:〔由著他〕你為什麼把我抱得那麼緊?我們並不在跳舞啊。

士兵:妳叫什麼名字?凱西嗎?

女僕:你心裡在想著一個叫凱西的人?

士兵:哦,對,我想起來了!妳叫瑪麗。

女僕:天啊!這兒好暗,我好害怕。

士兵:跟我在一起很安全,沒什麼好怕的。

女僕:我們要去哪裡呢?附近一個人都沒有,拜託,我們回去吧!

士兵:〔吸著雪茄煙讓它發亮〕看!這不是已經亮一點了嗎?

女僕:喔!你在幹嘛?你不會是要....

士兵:我敢說你一定是舞會中最柔美的女孩。

女僕:你跟別的女人也都這麼說嗎?

士兵:哦,妳注意到了,妳知道的倒是不少嘛!

女僕:你跟那個哭喪著臉的金髮女孩跳的舞比跟我跳的還多!

士兵:她是我一個朋友的朋友。

女僕:就是那個鬍子翹翹的軍人?

士兵:不,不,我說的是個老百姓,妳知道,就是以前跟我吃過飯,聲音沙啞的那個?

女僕:哦,對,我知道了,他是個很輕浮的傢伙。

士兵:他對妳怎樣了嗎?讓我去教訓他,他幹了什麼?

女僕:噢,沒有,我只是看到他跟一些女人鬼混。

19

士兵：告訴我，小姐....

女僕：啊！你的雪茄要燙到我了！

士兵：噢，對不起，小姐....或者我可以叫妳....瑪麗？

女僕：我們還不是很熟。

士兵：很多人即使不熟，也可以表現得很親密。

女僕：下一次，等我們....不，法蘭克先生，

士兵：妳記得我的名字？

女僕：不要，法蘭克先生。

士兵：叫我法蘭克就可以了。

女僕：不要那麼輕浮，噓！萬一有人來了怎麼辦？

士兵：真有人來了又怎麼樣？那麼暗，他們什麼都看不見的！

女僕：可是，咦，我們要去哪裏？

士兵：看！那邊那對就像我們一樣。

女僕：哪裡？我什麼都看不見。

士兵：那裡，就在我們前面。

女僕：為什麼說像我們？

士兵：噢，我只是說，他們像我們一樣也彼此喜歡啊！

女僕：〔絆了一下〕嘿，小心，是什麼東西？我差點跌倒。

士兵：是草地旁的欄杆。

女僕：不要推我，我會摔倒。

士兵：噓！小聲點。

女僕：先生，這次我真的要叫囉！你在做什麼？啊....

士兵：這數里之內是沒有人的。

女傭：我們回去跟大夥兒在一起吧！

士兵：我們不需要他們，瑪麗，現在我們需要的是....嗯，哼〔笑〕

女僕：法蘭克先生，請不要，看在老天的份上，聽著，如果我早....知道....哦！....
　　　哦！....好....

*　　　*　　　*　　　*

士兵：〔高興的〕再來一次....啊！....

女僕：我看不見你的臉。

士兵：喔，那又怎樣....！

*　　　*　　　*　　　*

士兵：瑪麗小姐，妳不能一直躺在草地上。

女僕：來，法蘭克，把拉我起來。

士兵：〔他抓住她〕好，乖乖起來了！

女僕：我真可憐，法蘭克。

士兵：怎麼了？

女僕：你是個壞人。

士兵：我是啊！等一下。

女僕：為什麼放開我？

士兵：我只是想點根雪茄。

女僕：這兒黑漆漆的。

士兵：明天一早天就亮了嘛！

女僕：至少你要告訴我，你喜歡我嗎？

士兵：妳一定已經感受到了啊，瑪麗小姐〔笑〕。

女僕：我們現在要去哪裡？

士兵：當然不是回家。

女僕：法蘭克，請別走得那麼快。

士兵：為什麼不，我討厭在黑暗中走路。

女僕：告訴我，法蘭克，你... 喜歡我嗎？

士兵：剛剛已經跟你說過了！

女僕：可不可以吻我一下？

士兵：〔有些勉強的〕嗯.... 聽！音樂又響起了！

女僕：說真的，你要再回去跳舞嗎？

士兵：當然啦！還會幹嘛？

女僕：可是，法蘭克，我要回去了，我一定會被責罵的，我的女主人是個.... 她巴不得
　　　我永遠都不出門。

士兵：好吧！那你走吧！

女僕：法蘭克先生，我想到一個主意，你能送我回去嗎？

士兵：送妳回去？嗯？

女僕：拜託你！一個人回去很可怕！

士兵：妳住哪兒？

女僕：不遠，就在前面的小鎮。

士兵：喔，那我們同路.... 可是我回去還太早！我還想再玩玩.... 今天可以晚歸，十二
　　　點以前回去就可以，我要去跳舞了。

21

女僕：我知道，現在輪到那個哭喪著臉的金髮女孩了。

士兵：哈！她沒那麼難看。

女僕：天啊！你們男人真是壞啊！我打賭你一定對每個女孩都這樣。

士兵：不是每一個吧！

女僕：法蘭克，拜託，今晚只陪我好嗎．．．．嗯．．．．

士兵：好，好，不過我可以跳舞吧？

女僕：我今晚不會再跟其他人跳了！

士兵：已經開始了。

女僕：什麼？

士兵：大廳的舞會，這未免太快了吧？他們還在奏這首曲子。〔跟著樂隊哼〕好吧！如果
　　　妳要我送妳回去就得等我，不然就再見了．．．．

女僕：好，我會等你的。

士兵：瑪麗小姐，點一杯啤酒吧！〔轉向一個正在跳舞的金髮女孩〕小姐，我可以請妳跳
　　　下一支舞嗎？

第三景

女僕與年輕的紳士

一個炎炎夏日的午後。屋主夫婦到鄉間渡假了，廚子下午休息，女僕正在廚房寫情書給她的士兵情人。鈴聲從少主人的房間傳出，她站起來去應鈴。年輕的少主人正躺在一張躺椅上，一面抽菸一面讀著一本法國小說。

女僕：少爺，您需要什麼嗎？

紳士：噢，對....瑪麗....對，我是搖鈴了....我是要幹什麼....噢，對了....請妳把百葉窗放下〔女僕走至窗前，放下百葉窗〕放太多了，瑪麗，現在一點光都沒有了。

女僕：〔調整著百葉窗〕少爺工作時總是那麼認真。

紳士：〔傲慢且置之不理的〕這樣好多了！

　　　　〔女僕走出去，紳士試著繼續看書，但一會又把書放下，搖鈴，女僕再走進來〕

紳士：瑪麗...嗯...我剛剛是要說什麼？....噢....對，家裡還有沒有白蘭地？

女僕：有的，少爺，可是鎖起來了。

紳士：那誰有鑰匙呢？

女僕：利尼。

紳士：誰是利尼？

女僕：利尼是廚子，少爺。

紳士：那麼就找利尼拿。

女僕：但是今天下午他休息。

紳士：哦。

女僕：要不要我去咖啡館幫少爺買....？

紳士：不要，不要....今天太熱了，我並不真的那麼想喝酒。瑪麗，倒杯水給我，等一下，瑪麗，讓水多流一會兒，我想喝冷的。

〔女僕離開，年輕的紳士看著她；到門口時，女僕轉身，此時他望著天花板。女僕打開水龍頭讓水流著。同時她到浴室中洗手，整理辮子、頭髮、照鏡子，然後端起水杯，走近躺椅，紳士半坐起身，女僕把杯子從茶盤上端起來拿給年輕的紳士，他們的手指互相碰觸。〕

紳士：謝謝妳....怎麼了？小心點，把杯子放回去，〔他躺下，伸伸懶腰〕幾點了？
女僕：五點了，亞非少爺。
紳士：哦，五點，我知道了。

〔女僕離開，在門口又轉身，紳士一直看著她，她注意到了且微笑著。年輕的紳士躺回椅上，一會兒，突然起身，走到門口，又走回椅子上躺著，他再度試著看書，幾分鐘後，他再搖鈴，女僕毫不掩飾她臉上的笑，走了進來。〕

紳士：聽好，瑪麗，我要問妳的是....噢，對，薛勒醫生今天早上來過嗎？
女僕：不，沒有，今天早上沒有人來過。
紳士：奇怪，他今天沒來？妳認得薛勒醫生嗎？
女僕：當然，就是那位留著黑鬍子，高大的先生。
紳士：也許他來過了？
女僕：沒有，少爺，沒有人來過。
紳士：〔決心冒險一試〕瑪麗，過來。
女僕：〔走近了一點〕是，少爺。
紳士：過來一點....對....嗯....我只是想....
女僕：什麼事？少爺。
紳士：我只是想....我想....妳的襯衫，是什麼料子的？
女僕：〔走向前〕我的襯衫有什麼不對嗎？你不喜歡嗎？少爺。
紳士：〔抓緊襯衫，同時把女僕拉向他〕藍色，這是很好看的藍，〔笨拙的〕妳打扮得很漂亮，瑪麗。
女僕：可是，少爺....
紳士：噢，什麼事？〔這時他已打開她的襯衫〕瑪麗，妳的皮膚好美，好白。
女僕：少爺，你太誇獎了。
紳士：〔吻她的胸〕我不會傷害妳的。
女僕：嗨，不要！
紳士：妳在嘆氣，妳為什麼要嘆那麼大口氣？
女僕：亞非少爺....
紳士：還有妳的拖鞋也好漂亮。

24

女僕：....可是....少爺....如果門鈴....響了....

紳士：現在這個時候誰會來啊？

女僕：可是少爺....看，這麼亮！

紳士：別大驚小怪了，我看過妳穿的比這還少。前幾天的晚上，我回來的很晚，在我去
倒水的時候，妳房門是開著的....嗯....

女僕：〔轉過頭〕天啊！沒想到亞非少爺也會有邪念。

紳士：那次我看到好多....這個....還有這個....和....

女僕：亞非少爺！

紳士：過來....近點....對了，好....

女僕：可是如果有人按鈴....

紳士：天啊！別說了！大不了不開門....

*　　　*　　　*　　　*

〔門鈴響了〕

紳士：他媽的！〔停頓〕死傢伙破壞我的好事！也許他剛才就按了，只是我們沒注意。

女僕：噢，不，我一直在聽。

紳士：去看看，從門洞裡！

女僕：少爺....你....真的很....壞！

紳士：去吧，去看看！〔女僕去了，年輕的紳士迅速的將百葉窗拉起〕

女僕：〔回來〕根本沒有人，可能已經走了，也許是薛勒醫生。

紳士：〔不以為然的〕噢，好，謝謝〔女僕走近，紳士往後退〕瑪麗，我要去咖啡館了！

女僕：〔溫柔的〕就這樣啊....少爺？

紳士：〔嚴厲的〕我現在要去咖啡館，如果薛勒醫生來，我....我....我會在咖啡館。

〔他走到另一個房間，女僕從小桌上拿了一支雪茄，塞進襯衫然後離開。〕

La Ronde

輪舞

第四景

紳士與少婦

傍晚，一棟佈置普通的房子，年輕的紳士剛進來，點上蠟燭，他仍穿著外套、戴著帽子。他打開另一個房間的門，往裡面看了一下。藉著客廳裏的燭光，可以看見房間內靠牆放著張床，角落壁爐的火光把床簾照得通紅。他走進臥房從衣櫃中拿出一瓶紫羅蘭香水，先是對著枕頭噴了些，然後不停穿梭在兩個房間噴灑，一直到香味瀰漫了整個空間。然後，他將帽子和大衣脫下，坐在客廳藍色絲絨的安樂椅上，點燃了香煙。過了一會兒，他突然起身去檢查窗簾是否拉好，然後又匆匆走進臥房，打開床邊小桌的抽屜，他拿出一個玳瑁髮夾，想找個地方藏起來，最後將它放到大衣的口袋中。他打開客廳櫥櫃，拿出一個銀盤、一瓶白蘭地、二只酒杯，把它們都放在桌上。他再拿起大衣，掏出一個白色的小盒子，打開來，跟白蘭地放在一起，又從櫥櫃拿了兩個盤子和餐具放在桌上，同時從小白盒子中拿了一塊糖腰果吃，然後他幫自己倒了一杯白蘭地，看看錶，開始在房裡踱來踱去，並走到鏡子前整理他的頭髮和小鬍子。他注意聽著外面的動靜，一點聲音都沒有，但當他把臥房外的藍色門簾拉上時卻被突來的門鈴響聲嚇了一跳，他立刻坐在安樂椅上，當年輕的少婦開門進來時才站起來。戴著層層面紗的年輕少婦關上身後的門，左手放在胸口上好像受到了驚嚇。

紳士：〔走近少婦，拿起她的左手，在黑白滾邊的手套上輕輕的親吻〕謝謝妳！

少婦：亞非，亞非....

紳士：請進，親愛的....請進，艾瑪夫人。

少婦：請讓我在這兒站一會兒，哦，亞非〔她站在門口，紳士站在她面前握著她的手〕我到底是在哪裡？

紳士：妳是跟我在一起。

少婦：亞非，這房子真可怕。

紳士：這房子很雅緻啊！

少婦：我在樓梯間看到兩個男人。

紳士：認識嗎？

少婦：不知道，可能吧。

紳士：親愛的，如果是認識的，妳該看得出來啊！

少婦：可是我什麼也看不見！

紳士：即使剛才那是妳的好朋友，他們也認不出妳的。就連我也不會知道是妳．．．．這些
面紗．．．．

少婦：他們有兩個人！

紳士：請進來吧！至少把帽子脫下。

少婦：亞非，你在想什麼？我跟你說了，五分鐘，超過一秒都不行！我發誓．．．．

紳士：拿下面紗吧。

少婦：那兩個人．．．

紳士：好了，面紗．．．．至少讓我看得見你。

少婦：亞非，你愛不愛我？

紳士：〔深深受傷的〕艾瑪，這妳還要問嗎？

少婦：這裡好熱啊！

紳士：妳還穿著皮披肩，妳會感冒的！

少婦：〔終於走進房間，坐上安樂椅〕我累極了！

紳士：請讓我為妳效勞。〔年輕少婦由著他將面紗和帽夾取下，放在一旁。紳士站在少婦面前
搖著他的頭〕

少婦：怎麼了？

紳士：我從沒見過妳如此美麗！

少婦：為什麼？

紳士：單獨．．．．單獨的與妳在一起．．．．艾瑪．．．．我〔他單腳跪在安樂椅旁，捧起她的雙手親
吻著〕

少婦：好了，讓我走，我已經如你要求的來了。〔紳士把頭放在她的大腿上〕你答應我，你會守
規矩的。

紳士：是的。

少婦：這房間悶死了。

紳士：〔站起來〕妳還披著披肩。

少婦：把它放在帽子旁。〔紳士脫掉她的披肩，把它和帽子以及其他東西放在沙發上〕好了，再見了。

紳士：艾瑪！

少婦：五分鐘早就過了！

紳士：不，連一分鐘都還不到。

少婦：亞非，求你告訴我現在幾點了？

紳士：六點十五分整。

少婦：我早該在我姊姊家了！

紳士：妳可以常常看到妳姊姊....

少婦：唉，親愛的，亞非，你為什麼要引誘我來？

紳士：因為我....愛慕妳，艾瑪。

少婦：你對多少女孩說過這種話？

紳士：從我認識妳之後就沒有了。

少婦：我真是輕浮啊！要是一星期前就知道....甚至昨天....

紳士：妳前天就已經答應我了。

少婦：你慫恿我的，我是不想來的，上帝作證，我真的不想來，昨天我已經決定....你知道嗎？昨晚我還寫了一封長信給你。

紳士：我沒收到什麼信。

少婦：我撕了，我應該拿給你的。

紳士：我們現在這樣比較好。

少婦：哦，不，我....太糟糕了！我也搞不懂我自己，亞非，再見了，亞非，請你讓我走〔紳士擁她入懷，熱烈的親吻她的臉〕這是....你信守承諾的方式嗎？

紳士：再親一下，再一下就好。

少婦：最後一下！〔他親她，她也回吻，四片唇緊貼在一起，良久〕

紳士：艾瑪，有件事不知該不該告訴妳？到現在我才了解什麼是快樂，〔少婦坐回安樂椅，紳士坐在扶手上，手臂繞著她的頸子〕或者了解到快樂可能是怎樣的。
〔少婦深深嘆了一口氣，紳士再度吻她〕

少婦：亞非，亞非，你對我施了什麼魔法？

紳士：這裡還蠻舒適的，對不？而且很安全，比在外面見面真是好過千倍....

少婦：哦，拜託不要再提那些。

紳士：想起那些我還是萬分歡喜的，對我而言，跟妳在一起的每一秒都是甜蜜的。

少婦：你還記得那個舞會嗎？

紳士：當然，那是我與你同桌吃飯的地方....那麼的靠近妳。妳丈夫的香檳....〔少婦看著他，受傷的〕

紳士：說到香檳，艾瑪，妳不想喝杯白蘭地嗎？

少婦：一點點就好，先給我一杯水。

紳士：噢，好的....咦，在哪？....噢，對〔他把門簾拉開走進臥室，少婦一直看著他，紳士走回來，帶了一瓶水和兩個杯子〕

少婦：你去哪兒了？

紳士：隔壁房間。〔他幫她倒了一杯水〕

少婦：我想問你一件事，亞非，答應我你會說實話。

紳士：我答應妳。

少婦：有別的女人來過這兒嗎？

紳士：艾瑪，這房子已有二十年了！

少婦：....亞非....我是說跟你....在一起....你知道我的意思。

紳士：跟我一起，在這裡？艾瑪！唉！艾瑪，妳怎麼會這樣想！

少婦：所以你....我該怎麼....？不，我不該問，問題本身可能就是傷害。

紳士：怎麼了？妳怎麼回事？什麼傷害？

少婦：不，不，不，我不該再想了，我為自己感到羞愧。

紳士：〔手上還拿著水瓶，悲傷的搖頭〕艾瑪，妳知道妳有多傷我的心嗎？〔少婦自己倒了一杯白蘭地〕我跟妳說，艾瑪，如果妳以身在此地為恥，那就表示妳根本不在乎我，如果你不知道妳對我的重要，那就請妳走吧！

少婦：嗯，那我最好走了。

紳士：〔抓住她的手〕可是妳知不知道，沒有妳我活不下去，全世界女人的擁抱也比不上親吻妳的玉手，艾瑪，我不像別的男人一樣花言巧語....也許我太天真了。

少婦：萬一你就像其它的男人一樣怎麼辦？

紳士：那妳今天也不會來了，妳不像別的女人。

少婦：你怎麼知道？

紳士：〔他拉她坐下，然後坐在她旁邊〕我一直很想妳，我知道妳並不快樂。〔少婦看起來很愉快〕

少婦：對。

紳士：人生是如此的空虛，如此的無意義，而且如此的短暫....太短暫了，只有一個方法可以快樂起來；就是找到愛你的人....給我一半。〔少婦從桌上拿了一個糖梨放在嘴裡，並用嘴餵他〕

少婦：〔她抓住他正要不規矩的手〕你在做什麼？亞非，這就是你守信的方式？

紳士：〔吞下糖，然後更坦白的說〕人生真的太短了！

少婦：〔無力的〕那不是理由....

紳士：〔機械式的〕那是....

少婦：〔更無力了〕亞非，你答應我會守規矩的....而且這兒好亮....

紳士：來，來，我的愛，我唯一的....〔他將她從沙發上抱起〕

少婦：你要幹什麼？

紳士：裡面一點也不亮。

少婦：有其他房間嗎？

紳士：〔抱著她〕有一個可愛的房間....而且很暗。

少婦：我們還是待在這兒，〔紳士已穿過門簾把她抱至臥房內，他開始打開她腰際上的扣子〕你真是....哦，天啊！你要對我怎麼樣？....亞非！

紳士：艾瑪，我崇拜妳。

少婦：等一下，請你，至少等我....〔無力的〕先出去，我會叫你。

紳士：讓我....讓妳幫我....讓....我....幫....妳....

少婦：不，不，你會把它們全都撕破。

紳士：妳不穿束衣的嗎？

少婦：我從不穿，皇后也都不穿，你可以幫我脫靴子。〔紳士解開她的靴子吻她的腳，然後走到另一個房間，少婦很快的鑽進被裡〕哦，好冷哦！

紳士：妳很快就會熱起來的。

少婦：〔溫柔的笑〕真的嗎？

紳士：〔有點擔心的自言自語〕她不該那麼說的！〔在黑暗中脫衣服〕

少婦：〔溫柔的〕來，來，來。

紳士：〔心情立刻轉好〕馬上....

少婦：這裡有股紫羅蘭的香味。

紳士：那是從妳身上發出來的....對....是妳。〔他走向她〕

少婦：亞非....亞非！！

紳士：艾瑪....

＊　　　＊　　　＊　　　＊

紳士：很顯然我是太愛你了....這就是為什麼....我快瘋了！

少婦：....

紳士：我已經心神不寧了好多天....我一直在期待這些！

少婦：不要太興奮了。

紳士：噢，當然不會....只是很自然的會....

少婦　不要....不要....你太緊張了，鎮靜一點。

紳士：妳知道史丹霍爾嗎？

少婦：史丹霍爾？

紳士：他有一本書，叫《愛情心理學》。

少婦：我不知道，為什麼問？

紳士：裡面有一個故事說得很有道理。

少婦：關於什麼的？

紳士：是說一群軍官....

少婦：嗯...

紳士：在講他們的羅曼史，每一個人都說一個他與心愛的人的事....妳知道吧！很熱情的....他....她....然後每個人都發生同樣的事....就像剛剛妳跟我在一起時。

少婦：我懂了。

紳士：蠻特別的。

少婦：對。

紳士：但是，其中有一個人宣稱....他這輩子還沒有發生過這種事，不過....史丹霍爾說這人是有名的吹牛大王。

少婦：嗯。

紳士：雖然這故事無關緊要，好笑的事是，它讓我很不舒服。

少婦：對....好了....你確實答應過我要規矩的。

紳士：請別笑！妳現在還這麼說嗎？

少婦：我沒有在笑啊！史丹霍爾的故事很有趣，我一直以為只有跟老....或是跟...嗯，你知道，跟很老的男人....

紳士：妳這是什麼意思！這個和我說的有什麼關係？史丹霍爾裡最好的故事我都忘得差不多了，好像有一個騎兵軍官說他甚至有三個晚上，還是六個晚上，我想不起了，跟一個他渴望了很久的女人在一起，但是妳知道，那些晚上他們除了快樂的哭著，什麼都沒做，他們兩人....

少婦：他們兩人？

紳士：他們兩個。妳驚訝嗎？我很同情他們；尤其是他們兩個很相愛。

少婦：也有一些人不哭的。

紳士：〔緊張的〕當然....只是這是個很特別的例子。

少婦：噢....我以為史丹霍爾是說在這種情形下那些軍官都會哭。

紳士：看，妳在取笑我....

少婦：只是這麼想想，不要那麼孩子氣，亞非。

紳士：我沒辦法，我就是很敏感....而且我覺得妳一直很在意，我真尷尬。

少婦：我一點也不在意。

紳士：好，可是妳要保證妳是愛我的。

少婦：你還要我保證....？

紳士：看，妳取笑我。

少婦：沒有，來，把你的頭放在這兒。

紳士：哦，好舒服。

少婦：你愛不愛我？

紳士：哦，我好快樂。

少婦：你不需要跟他們一樣的哭。

紳士：〔不高興的移開〕妳又來了，我也只要求那麼多。

少婦：我只是說你不需要哭。

紳士：你是說"跟他們一樣"。

少婦：哦，親愛的，你太緊張。

紳士：我知道。

少婦：你真的不需要緊張啊！我甚至寧願....嗯....我們....做....好朋友。

紳士：看，妳又來了。

少婦：難道你忘了嗎？第一次見面時，那是在我姊姊家的舞會中，當時真是令人愉快，我們說好只做....好朋友，沒有別的.......哦，天啊！我早該走了！我姊姊在等我，我要怎麼跟她說啊？再見了，亞非....

紳士：艾瑪，妳就這樣離開我了嗎？

少婦：對，就這樣。

紳士：再五分鐘....

少婦：好，再五分鐘，但是你一定要答應我不動....好....我會跟你吻別..噓....別動....別動....不然我立刻離開，我的甜....甜心。

紳士：艾瑪....我可愛的....

*　　　*　　　*　　　*

少婦：我的亞非

紳士：哦，跟妳在一起就像在天堂。

少婦：我真的該走了。

紳士：讓妳姊姊等。

少婦：我該回去了，真的已經很遲了，幾點了？

紳士：我怎麼知道？

少婦：你可以看錶啊！

紳士：我的錶在背心口袋裡。

少婦：好，去拿來。

紳士：〔有點吃驚〕八點！

少婦：天啊！快，亞非，把我的絲襪拿給我，等一下要怎麼跟他們說？....八點了！

紳士：我何時才能再見到妳？

少婦：永遠不會再見了。

紳士：艾瑪！妳不再愛我了嗎？

少婦：就是因為愛，把靴子拿給我。

紳士：再也見不到妳了？妳的靴子。

少婦：我皮包裡有個鈕扣鉤，拜託，快點....

紳士：拿去....

少婦：亞非，我們可能會因此而送命。

紳士：〔氣餒的〕為什麼？

少婦：他問我去哪兒時我該說什麼？

紳士：說在妳姊姊家啊！

少婦：對，如果我那麼會說謊的話就好了！

紳士：妳必須會。

少婦：為了你我會的....，過來，讓我親一下〔她擁抱他〕，好了，現在讓我一個人在這兒，你去隔壁房間，你在這兒我沒辦法穿衣服。〔紳士走到客廳穿衣服，吃了一點糕點，喝了一杯白蘭地〕

少婦：〔過了一會兒，叫著〕亞非！

紳士：是，我的寶貝？

少婦：我很高興我們沒有哭。

紳士：〔有自尊的微笑著〕妳怎麼這麼輕浮？

少婦：如果有一天不期然的在公開宴會上相遇，我們會怎麼樣？

紳士：有一天？不期然的？明天妳一定會去拉伯海默家吧？

少婦：會啊，你也會去？

紳士：當然，到時可以請妳跳支舞嗎？

少婦：哦，那我不會去，你怎麼還能....為什麼....〔她走進客廳，衣服已穿好，拿了一塊巧克力點心〕我真是墮落！

紳士：好，明天在拉伯海默家見，就這樣了。

少婦：不，不，我要跟他們說我不能去了....我跟你保證....

紳士：好，那後天，就在這....

少婦：真是厚臉皮。

紳士：六點。

少婦：轉角叫得到計程車吧？

紳士：車多得很，那就後天六點，這裡，請妳答應，我的心肝寶貝。

少婦：....我們明天再說....跳舞的時候。

紳士：〔擁抱她〕我的心肝！

少婦：別又弄亂我的頭髮。

紳士：所以明天在拉伯海默那兒，後天，在這裡....我的懷抱裡。

少婦：拜拜！

紳士：〔突然又擔心起來〕今晚妳要怎麼跟他說？

少婦：不要問....不要問我....太可怕了....為什麼我那麼愛你？再會了，如果等一下在樓梯又碰到那些人，我真會驚嚇而死。〔紳士再度吻她的手，她走了〕

紳士：〔獨自一人，坐在沙發上，微笑著〕終於碰到一個真正的女人！

第五景

少婦與丈夫

　　一間舒適的臥房，晚上十點半。少婦正躺在床上看書，丈夫穿著睡衣走進來。

少婦：〔正在看書，並沒有抬頭〕工作完了？

丈夫：嗯，我好累，而且....

少婦：嗯？

丈夫：我剛才突然感到好寂寞，我開始在想妳。

少婦：〔抬頭看〕真的嗎？

丈夫：〔坐到她身邊〕今晚別再看了，妳會把眼睛看壞。

少婦：〔闔上書〕你怎麼了？

丈夫：沒有啊，我的寶貝，我愛妳，妳知道的。

少婦：有時候我幾乎忘了。

丈夫：有時候真應該忘掉一下。

少婦：為什麼？

丈夫：不然婚姻就會變得不完整了，就會...該怎麼說？就會失去意義 。

少婦：噢....

丈夫：相信我，是真的....如果這五年來的婚姻生活中，我們不偶爾忘掉一下對彼此的愛，也許我們就再也體會不到那種愛的感覺。

少婦：我不懂。

丈夫：道理很簡單，我們各自有過一次還是一二次的戀情....是不是？

少婦：我不太記得。

丈夫：如果我們在第一次的戀情就達到了快樂的極限，如果一開始我只把我全部的熱情都給妳，那我們就會像其他夫妻一樣，我們就完了。

少婦：我懂你的意思了。

丈夫：相信我，艾瑪，從我們結婚第一天起我就怕會發生這種事。

少婦：我也是。

丈夫：妳懂了吧？我說的對不對？所以為什麼我說我們偶爾像好朋友一樣住在一起是件很好的事。

少婦：我懂了。

丈夫：就是這樣我們才能常常像在渡蜜月啊！所以蜜月期也....

少婦：....也才會長久。

丈夫：完全正確。

少婦：那現在這個狀況有所變化了嗎？

丈夫：〔溫柔地將她拉向他〕好像是。

少婦：但是我並不認為有什麼不同。

丈夫：妳是我見過最聰明、最有魅力的人，我真高興能遇見妳。

少婦：你常常討好我也是不錯的。

丈夫：〔已經上床〕對於一個稍有見過世面的男人，來，睡在我肩上，對一個比起妳們這些好人家的女孩稍見過世面的人來說，婚姻是很神祕的。妳們天真幾近無知，所以妳們比我們更能看清愛的真諦。

少婦：〔笑〕噢！

丈夫：真的，因為婚前太多不同的經驗讓我們困惑，沒有安全感，妳們年輕女人也許聽的很多，知道的很多，也讀到很多，可是你們並不真的了解我們男人所經歷的。人們通常所說的愛是很骯髒的，因為畢竟人們就是這種動物。

少婦：哪種？

丈夫：〔吻她的前額〕快樂點，我的寶貝，妳永遠也不會了解這些關係，總之，他們真的很可憐，我們不要譴責他們了。

少婦：噢，拜託，這種同情似乎不太恰當哦！

丈夫：不會的，妳們好人家的女孩婚前有父母照顧，婚後有丈夫的疼愛，妳們根本不了解被環境所逼而下海的痛苦。

少婦：那他們是在出賣自己囉？

丈夫：我不會這麼說，我不是專指物質上的貧困，也是，怎麼說，道德的貧乏，這是一種長期以來在觀念認知上的偏差，尤其表現在貴族們的身上。

少婦：那為什麼他們值得同情？他們似乎還蠻快樂的嘛！

丈夫：寶貝，妳不要忘記，這些人是天生註定要不斷墮落、不斷沉淪的。

少婦：〔靠近他〕他們似乎也蠻喜歡這種墮落和沉淪。

丈夫：〔痛苦的〕妳怎能這麼說呢？我想對妳這種高尚的人來說，那種日子應該是很可怕的。

少婦：當然啊！卡爾，當然。我只是說說罷了，繼續，再告訴我別的，我真喜歡聽你說話。說不說啊？

丈夫：什麼？

少婦：嗯，那些動物啊！

丈夫：為什麼？

少婦：嗯，很久以前在一開始我就叫你告訴我你年輕時的事。

丈夫：為什麼妳對這個那麼有興趣？

少婦：你是不是我丈夫？如果都完全不讓我知道你的過去，是不是太不公平了？

丈夫：妳該不會認為我也曾....曾經....夠了，艾瑪，那會是褻瀆神聖的啊！

少婦：但是你有....過我不知道有多少年輕女人曾像我一樣的在你懷中？

丈夫：別那麼說，妳是唯一的。

少婦：可是有一個問題你一定要回答我，不然....就不再有蜜月期喔！

丈夫：別說傻話....記住，妳是一個母親，我們女兒還睡在那邊呢！

少婦：〔緊貼著他〕可是我也想要個男孩！

丈夫：艾瑪！

少婦：哦，別這麼....我當然是你妻子，可是我也想做你的情人。

丈夫：妳願意嗎？

少婦：可是要先回答我的問題。

丈夫　〔服從的〕好，什麼？

少婦：那些女人當中可曾有過一個...有夫之婦？

丈夫：啊？妳要說的是什麼？

少婦：你知道的。

丈夫：〔有些不安的〕妳為什麼問這個？

少婦：我想知道如果，我是說...的確有這樣的女人，我知道，但是你...

丈夫：〔嚴肅的〕妳認識這樣的女人嗎？

少婦：嗯，我並不真的認識....

丈夫：妳的朋友中或許有這麼一個？

少婦：嗯，我無法給你一個肯定的答案。

丈夫：也許妳的那些女朋友....她們討論了很多....尤其是女人和女人間....有人承認嗎？

少婦：〔不確定的〕沒....

丈夫：也許是妳懷疑其中有人....

少婦：懷疑....嗯....懷疑....

丈夫：看起來像是有。

少婦：沒有，卡爾，當然沒有，我仔細想了一遍，我不相信會是她們之中任何一個。

丈夫：沒有？

少婦：我的朋友裡，沒有。

37

丈夫：艾瑪，答應我一件事。

少婦：什麼？

丈夫：千萬不要和曾經被妳懷疑過的女人交往....

少婦：你要我跟你保證嗎？

丈夫：我知道，當然，妳不會和這種人做朋友，可是有時事情會很....事實上那些名聲不好的女人常常會喜歡結交高尚的女人，一方面為了交際，一方面是因為...該怎麼說？因為某種懷念。

少婦：噢！

丈夫：我相信我剛才說的一點也沒錯，懷念貞潔，因為，相信我，在現實生活中這些女人是很不快樂的。

少婦：為什麼？

丈夫：這還用問嗎？艾瑪？只要想想這些女人是怎麼生活的，充滿了謊言、欺騙、粗俗，充滿了危險。

少婦：對啦，當然，你說的很對。

丈夫：當然，她們為了那一點點的快樂....那一點點的....

少婦：....享樂？

丈夫：為什麼是享樂？妳怎能說那是享樂？

少婦：嗯，那一定還有別的，不然她們也不會願意。

丈夫：沒有，是一種無法控制的情慾。

少婦：〔若有所思的〕一種無法控制的情慾。

丈夫：不，連情慾都不是，反正她們付出太大的代價，這是一定的。

少婦：所以....你曾經經歷過？

丈夫：是的艾瑪，那是我的一個傷心往事。

少婦：是誰？告訴我，我認識嗎？

丈夫：艾瑪，妳怎能這樣？

少婦：是很久以前嗎？在你娶我之前嗎？

丈夫：別問！我求妳別問。

少婦：可是卡爾！

丈夫：她死了！

少婦：真的？

丈夫：是的，....也許說起來很好笑，可是我覺得這種女人都死得很早。

少婦：你很愛她嗎？

丈夫：一個人是不會愛一個騙子的。

少婦：那，你為什麼....

丈夫：一種激情。

少婦：所以就是這....

丈夫：求妳別再說了，所有的事早都結束了，我只愛過一個人，那就是妳，人只有在純真中才能找到愛。

少婦：卡爾！

丈夫：哦，能在妳懷中是多麼安全和快樂啊！為什麼沒有早點認識妳，那樣我就連看也不會看別的女人一眼了！

少婦：卡爾！

丈夫：妳好美....好美....過來〔他關燈〕

*　　　*　　　*　　　*

少婦：你知道今晚我一直在想什麼嗎？

丈夫：什麼，我的寶貝？

少婦：想....想....想....威尼斯。

丈夫：第一晚....

少婦：對，就是那個。

丈夫：怎麼了？告訴我。

少婦：今晚....你就像那一次那樣愛我。

丈夫：對，就像那樣。

少婦：嗯....如果你能常常....

丈夫：〔在她懷裡〕啊？

少婦：我的卡爾！

丈夫：什麼？如果我能常常？

少婦：嗯，對。

丈夫：如果我能常常那樣又會如何？

少婦：我就會知道你是愛我的。

丈夫：對，可是不管怎樣妳都應該知道啊！一個男人不能總是談情說愛，他必須去外頭打拼奮鬥，千萬別忘了，寶貝，在婚姻中也沒有什麼是永遠的。這就是婚姻美好的地方，沒有多少人在婚後五年還會記得他們的第一次的。

少婦：那倒是真的。

丈夫：好了....晚安，寶貝。

少婦：晚安！

輪舞 La Ronde

第六景

有婦之夫與少女

　　一個高級餐廳中的房間，舒適且還算雅緻，燒瓦斯的壁爐已點燃。桌上還放著吃剩的食物，一盤奶油點心、水果、起司，酒杯中有匈牙利白酒，有婦之夫正舒適的躺在沙發上，點了一支哈瓦那雪茄。

　　甜美的少女坐在他旁邊的椅子上，專心的挖著點心上的奶油。

丈夫：好吃嗎？

少女：〔沒停下〕嗯—嗯—嗯。

丈夫：再來一份？

少女：不要，我已經吃了好多。

丈夫：妳沒酒了。〔幫她加酒〕

少女：不用了．．．．反正我也不會喝。

丈夫：妳為什麼那麼害羞？

少女：有嗎？總要花點時間來適應。

丈夫：別那麼拘束，來，坐到我旁邊來。

少女：等一下，我還沒吃完。〔丈夫站起來，站在她椅子後面，用手臂抱住她把她的頭轉向他〕

少女：做什麼？

丈夫：我想妳親一下。

少女：〔親他一下〕你很壞！

丈夫：漸漸妳就會發現的。

少女：噢，不，我剛才注意到．．．．在街上，你一定．．．．

丈夫：什麼？

少女：你一定對我有很不好的看法。

丈夫：為什麼？

少女：因為我馬上就跟你來這房間啦！

丈夫：嗯，也不是馬上啊！

少女：你問的技巧很好。

丈夫：真的嗎？

少女：反正這也沒什麼不對嘛！

丈夫：完全正確。

少女：不管我們是去散步還是....

丈夫：而且，現在去散步太冷了。

少女：對啊！

丈夫：可是，這樣就很暖和了，嗯。〔將她摟進懷中〕

少女：〔無力的〕嗯。

丈夫：告訴我....妳早就注意到我了，對不對？

少女：當然....。

丈夫：不，我不是指今天，早在前天還有前幾天我跟蹤妳時，妳就注意到我了。

少女：噢，很多人跟蹤我的。

丈夫：我能想像，妳到底有沒有注意到我？

少女：....你知道最近發生什麼事嗎？我表姊夫在暗中跟蹤我，居然沒認出我。

丈夫：他勾引妳嗎？

少女：嘿，你以為每個人都跟你一樣隨便嗎？

丈夫：也是有啊！

少女：當然有。

丈夫：妳都怎麼應付？

少女：我？沒怎麼應付，就不理他們啊！

丈夫：嗯....可是妳理我了。

少女：怎麼？你不高興啊？

丈夫：〔熱情的吻她〕妳的唇像奶油。

少女：對，我的嘴唇天生就那麼甜。

丈夫：有很多男人都跟妳說過這話，對不？

少女：很多人！你真會想像啊！

丈夫：好了，說真的，有多少人吻過妳？

少女：幹嘛要問？跟你說你也不會相信。

丈夫：為什麼不信？

少女：好，猜。

丈夫：好....嗯....可是妳不能生氣。

少女：我為什麼要生氣？

丈夫：嗯....我猜....大約二十個。

少女：〔突然離開他〕你為什麼不說一百個算了？

丈夫：我只是猜的嘛！

少女：你猜的不好。

丈夫：好....十個。

少女：〔被得罪的樣子〕對，像我這種隨便就在街上與你說話又馬上跟你來包廂的女孩！

丈夫：別傻了，不管我們是在街上散步或一起坐在房間....記住我們現在是在餐廳裡，
　　　侍者隨時都可能走進來....這並不代表什麼啊！

少女：只是這樣想想嘛！

丈夫：妳曾來過包廂嗎？

少女：嗯，說真的，有。

丈夫：我很感激妳的誠實。

少女：但是....不是你想的那樣，我是在嘉年華會時跟我朋友和他先生去過。

丈夫：就算妳是跟....妳的情人來也不會很糟啊！

少女：當然不會很糟，可是我還沒有男朋友。

丈夫：少來了！

少女：我發誓，一個都沒有。

丈夫：妳不會指望我相信妳吧？

少女：嗯，什麼？從來沒有一個....超過半年的。

丈夫：噢....好，上一個是誰？

少女：你為什麼那麼好奇？

丈夫：因為....我愛妳。

少女：真的？

丈夫：當然，妳應該早注意到了，告訴我。〔他抱她〕

少女：告訴你什麼？

丈夫：別讓我問那麼多，我想知道那個人是誰？

少女：〔吱吱笑〕噢，是個男人。

丈夫：對，誰啊？

少女：他長的有點像你。

丈夫：哦。

少女：如果不是你長得那麼像他....

丈夫：哦，這就是為什麼妳會跟我說話的原因！

少女：嗯，對。

丈夫：現在我真不知道是該高興還是該難過了。

少女：我若是你，我會高興的。

丈夫：好。

少女：還有你說話的樣子也讓我想起他....和你看著我的樣子。

丈夫：他是誰？

少女：不，你的眼睛....

丈夫：他叫什麼名字？

少女：請別那樣看著我，不，求你。〔丈夫擁她入懷，給她一個長長的熱吻，少女擺脫了他並想站起來〕

丈夫：為什麼要離開我？

少女：該走了。

丈夫：再等一下。

少女：不，我真的要走了，你知道我媽媽會怎麼說？

丈夫：妳跟妳媽媽住？

少女：當然是跟我媽住，你以為呢？

丈夫：所以，是跟妳媽媽住了....妳一個人跟她住？

少女：一個人？我家有五個人，二男三女。

丈夫：別坐的那麼遠！妳是最大的嗎？

少女：不，我是老二，凱西是老大，她在一家花店工作，再來才是我。

丈夫：妳做什麼工作？

少女：我待在家裡。

丈夫：一直都待在家裡嗎？

少女：家裡總要有人在。

丈夫：對，妳怎麼跟妳媽說，當妳晚歸時？

少女：那不常發生。

丈夫：比如今晚啊！當然妳媽一定會問妳。

少女：她當然會問，我得非常小心，如果當我回家時她還沒睡的話。

丈夫：妳會怎麼說？

少女：我會說我去看戲了。

丈夫：她會相信嗎？

少女：她為什麼會不相信，我常去看戲的，上星期天我才和我朋友，她未婚夫....還有我大弟一起去聽歌劇。

丈夫：妳哪裡來的票？

少女：我大弟是個理髮師。

丈夫：噢，是的，理髮師....哦，也許是個劇場的理髮師。

少女：你為什麼問那麼多問題？

丈夫：我只是感興趣，另一個弟弟在做什麼？

少女：他還在念書，他想當老師，你能想像嗎？

丈夫：那，妳還有個小妹囉？

少女：對，她還是個小孩子，可是現在就得好好看著她了，你知道這些女孩在學校都被

　　　慣壞了，你相信嗎？有一天我抓到她和男孩子約會。

丈夫：真的嗎？

少女：對，跟對面學校一個男孩，晚上七點多在公園散步....這個小孩！

丈夫：結果呢？

少女：我打了她一巴掌。

丈夫：妳那麼嚴厲啊？

少女：嗯，還有誰會管，大姊在店裡，媽媽整天只會發牢騷，所以什麼事都靠我。

丈夫：天啊！妳真是個可人兒〔他吻她，**越來越溫柔**〕妳也讓我想起一個人。

少女：噢，是誰？

丈夫：沒有特定的....在....在我年輕的時候！來，再喝一杯，寶貝。

少女：嗯，你幾歲了？我甚至不知道你的名字。

丈夫：卡爾。

少女：真的？你的名字真的叫卡爾？

丈夫：他也叫卡爾？

少女：真的，這是奇蹟....太..，你的眼睛！

丈夫：妳還是沒告訴我他是誰？

少女：一個壞人，他真的是....不然也不會離開我。

丈夫：妳很喜歡他嗎？

少女：當然。

丈夫：我知道他是做什麼的？一個中尉。

少女：不，他不在軍中，他們不要他，他爸有棟房子在....你為什麼要知道？

丈夫：〔吻她〕其實妳的眼睛是灰色的，起先我還以為是黑色的。

少女：不夠好看嗎？〔丈夫吻她的眼睛〕

少女：哦，不....我受不了....求你，求你....哦，天啊....不，讓我起來，只....

丈夫：〔**越來越溫柔**〕哦，不，不。

少女：卡爾，求求你。

丈夫：妳幾歲？十八？

少女：十九剛過。

丈夫：十九....而我

少女：你三十？

丈夫：嗯....再多一點，我們別談這個。

少女：我遇到卡爾時他是三十二。

丈夫：那是多久以前？

少女：我不記得了....你知道酒裡一定有什麼。

丈夫：怎麼會！

少女：我很....你知道....所有的東西都在轉。

丈夫：抓緊我，像這樣....〔他將她溫柔地拉向他，更加的溫柔，她難以抗拒〕寶貝，我跟
　　　妳說，我們可以走了！

少女：是....回家。

丈夫：不是回家，也不是...

少女：你是什麼意思？哦，不....不！....我哪兒都不去....你把我當什麼？

丈夫：聽著，寶貝，下次見面時，我們要安排好才可以....〔他溜到地上，把頭放在她大
　　　腿上〕好舒服，哦，好舒服！

少女：你在做什麼？〔她吻他的頭髮〕你知道嗎？酒裡一定摻了什麼....好睏....如果我
　　　再也不起來會怎麼樣？可是....嘿，卡爾！有人會來....拜託....服務生！

丈夫：沒有服務生會....進來....這輩子都不會有。

＊　　　＊　　　＊　　　＊

〔少女躺在沙發的一角，眼睛閉著，丈夫點了一支雪加在房間踱來踱去；一陣安靜〕。

丈夫：〔注視著她很久，然後自言自語〕誰知道她是怎樣的人....媽的....這麼快....我
　　　太不小心了....

少女：〔眼睛閉著〕酒裡一定摻了東西。

丈夫：沒有啦！

少女：不然....

丈夫：妳為什麼都怪在酒身上？

少女：你在哪？怎麼離我那麼遠？過來。〔丈夫走向她，坐下〕

少女：告訴我，你是否真的喜歡我？

丈夫：妳應該知道....〔好像是在對他妻子說話；突然打斷了自己〕當然我喜歡妳。

少女：你知道....真的....說實話，酒裡有什麼？

丈夫：妳認為我在酒裡下藥？

少女：哦，是這樣，我只是不懂，我不是....我們才認識....我不是那樣的，發誓....
　　　如果你那樣想我....

丈夫：妳不用擔心啦！我沒有把妳想的很壞，我真的相信妳愛我。

少女：是的....

丈夫：畢竟，當兩人單獨在房裡吃飯，喝酒時....也不需放什麼在酒裡了！

少女：噢，我只是說說。

丈夫：為什麼？

少女：〔有些反抗的〕因為我感到羞恥。

丈夫：太可笑了！你根本不必，而且妳是因為我讓妳想起妳的初戀情人的關係。

少女：對。

丈夫：第一個。

少女：嗯，對....

丈夫：現在我真想知道其它人是誰。

少女：沒有其它人。

丈夫：騙人，不可能。

少女：哦，請別再逗我了！

丈夫：抽煙？

少女：不，謝謝。

丈夫：你知道幾點了？

少女：幾點？

丈夫：八點半。

少女：噢。

丈夫：嗯....妳媽....她習慣妳的晚歸嗎？

少女：你要送我回家了嗎？

丈夫：可是....妳自己剛才說....

少女：嗯，你已經變了....我做了什麼讓你這樣？

丈夫：寶貝，妳怎麼了？妳在想什麼？

少女：那只是....你的臉，相信我，不然我怎麼也不會....有男人曾約我去包廂呢！

丈夫：嗯，妳願意....再跟我來這嗎？還是去別的地方？

少女：我不知道。

丈夫：什麼意思，妳不知道？

少女：嗯，如果你一定要約我....

丈夫：好....什麼時候？我也要先說清楚，我並不住在維也納，我只是偶爾來幾天。

少女：少來了，你不是維也納人？

丈夫：嗯，我是，只是我住在....城外。

少女：哪裡？

丈夫：住在哪兒都沒什麼關係....

少女：別怕，我又不會去找你。

丈夫：天啊！如果妳來會讓妳高興的話妳就來吧！我住格拉茲。

少女：真的？

丈夫：是的....是的....為什麼妳那麼驚訝？

少女：那你已經結婚囉！對不對？

丈夫：〔非常驚訝〕妳怎麼知道？

少女：嗯，只是感覺。

丈夫：妳不在意？

少女：我會比較喜歡你單身，可是你已經結婚了，我知道。

丈夫：告訴我，妳為什麼會那麼以為？

少女：嗯，當你告訴我你不住在維也納時．．．．告訴我你沒有時間．．．．

丈夫：那也不是不可能啊。

少女：我不相信。

丈夫：妳讓一個有婦之夫不忠，妳不會良心不安嗎？

少女：沒關係，我想你妻子也跟我沒啥兩樣。

丈夫：〔非常生氣的〕夠了！不准說這種話。

少女：我以為你沒妻子。

丈夫：我有沒有妻子都沒關係，妳不該說這種話〔他站了起來〕。

少女：卡爾，哦，卡爾，怎麼了？你生氣了嗎？我真的不知道你結婚了，我只是說著好玩，來，對我好一點。

丈夫：〔幾秒之後就走向她〕妳們女人真是了不起的動物，〔他又開始擁抱她〕哦，女人！

少女：．．．．不要．．．．已經很晚了．．．．

丈夫：好，聽著，我們要正經一下，我想常看到你。

少女：真的？

丈夫：可是必須．．．．我必須信得過妳，而且我無法照顧妳。

少女：噢，我可以照顧我自己。

丈夫：妳．．．．嗯，也不是沒經驗，只是妳太年輕了，而且．．．．多數的男人都很隨便的。

少女：哦，寶貝。

丈夫：我不只是出於道義．．．．我想妳應該懂得我的意思。

少女：對，告訴我，你認為我是哪種人？

丈夫：嗯，如果妳跟我，只跟我，我們可以安排一下，雖然我住在格拉茲，可是像這種地方，任何時候都有可能有人闖進來，也不好〔少女靠近他〕。

丈夫：下次我們在別的地方碰面好不好？

少女：好。

丈夫：〔他熱情的擁抱她〕剩下的路上再討論〔他起身，開門〕服務生．．．．買單！

第七景

少女與詩人

　　一個佈置得很有品味的小房間，窗外透進的光線幾乎全被窗簾所擋住。一張滿是書和紙的大書桌佔據了大半個房間，牆邊有一台直立鋼琴。少女和詩人正走進房間，詩人鎖上了門。

詩人：就是這兒了，寶貝〔吻她〕。

少女：〔穿著斗篷和帽子〕噢，很好，可是我什麼都看不見。

詩人：眼睛要等一會兒才能適應，妳的眼睛好美〔吻她的眼睛〕。

少女：可是這雙美麗的眼睛卻沒有時間。

詩人：為什麼？

少女：因為我只能待一下子。

詩人：還是先把帽子給脫了。

少女：一下子哦？

詩人：〔把她的髮夾拔掉，帽子拿起來放在旁邊〕還有斗篷！

少女：你在做什麼？我等一下就要走了！

詩人：可是妳該休息一下，我們走了三個小時。

少女：我們是坐馬車。

詩人：是，回來的時候，但在威爾汀時我們可是走了足足三小時，來坐下，寶貝．．．．隨便坐．．．．書桌前．．．．不，那不舒服，坐在躺椅上，把頭枕在墊子上。

少女：〔笑著〕可是我一點也不累。

詩人：只是妳以為，如果想睡可以睡，我會很安靜的，而且我會為妳奏　曲安眠曲．．．．我自己作的〔他走向鋼琴〕。

少女：你自己寫的？

詩人：是的。

少女：可是羅伯，我以為你是個醫生。

詩人：怎麼會？我跟你說過我是作家。

少女：嗯，所有的作家都是醫生，是不是？

詩人：不，不全是，比如，我就不是，為什麼妳會這麼想？

少女：因為你說你要彈的是你自己作的曲。

詩人：噢....也許它不是，無所謂的，對不？是誰作的都無所謂，只要曲子美，對嗎？

少女：當然....它一定要美，這才是最重要的。

詩人：妳知道我的意思嗎？

少女：什麼？

詩人：我剛才說的。

少女：嘿！我沒那麼笨！

詩人：妳當然有，這就是為什麼我愛妳，妳笨的時候真好，我是說，妳那個樣子。

少女：嘿，別那樣。

詩人：小天使！光躺在這柔軟的波斯地毯上就很棒了！

少女：嗯，對，你不再繼續彈琴了嗎？

詩人：不，我寧願和妳在一起〔擁抱她〕。

少女：嘿，我們可不可以開個燈？

詩人：噢，不，這幽靜多舒服，我們沐浴在陽光下一整天，現在出浴了，可以這麼說，我們把這幽靜像浴袍一樣裹在身上〔他笑〕不，該換個方式說，妳不認為嗎？

少女：我不知道。

詩人：〔向旁邊移動〕天啊！真是愚蠢...〔拿出一本筆記本，寫了幾個字〕

少女：你在做什麼？〔轉身來看他〕你在寫什麼？

詩人：〔自言自語〕陽光—沐浴—幽靜—浴袍....〔把筆記本放進口袋，笑〕沒有，好了寶貝，妳要不要吃什麼或喝什麼？

少女：我不渴，但我很餓。

詩人：嗯....我寧願你只是口渴，這有白蘭地，可是吃的我就得出去買了！

少女：你不能派人去買些嗎？

詩人：很難，我已經沒雇人....算了，我去，你要吃什麼？

少女：噢，算了，反正我要回去了！

詩人：寶貝，別說那個，我跟妳說，如果要出去就一起去吃晚餐好了。

少女：哦，不，我沒那個時間了，而且，我們能去哪？會被人看見。

詩人：你有認識那麼多人嗎？

少女：只要有一個看見我們就糟糕了。

詩人：怎麼會？

少女：你想呢？如果我媽聽到什麼....

詩人：我們可以去一個沒人看得見的地方，有一些餐館裡有包廂....

少女：〔唱著〕"只與你一同去包廂...."

50

詩人：妳有沒有去過包廂？

少女：老實說，有的。

詩人：誰是那個幸運的傢伙？

少女：噢，不是你想的那樣....我是跟我朋友和她先生在一起，他們帶我去的。

詩人：妳期望我相信妳嗎？

少女：你不必一定要相信。

詩人：〔靠近她〕妳在臉紅嗎？我什麼也看不見，也看不見妳的臉〔他摸她的臉頰〕可是，我還是認得妳。

少女：小心點，別把我看成別人。

詩人：好奇怪，我又想不起妳的樣子了。

少女：謝謝你。

詩人：〔認真的〕妳知道嗎？有點不可思議的，我想不起妳的長相，就某種方面來說，我已經忘了妳是誰，如果再忘掉妳的聲音，那你會是什麼？忽遠忽近，不可思議的。

少女：繼續，你在講什麼？

詩人：沒事，寶貝，沒事，妳的唇在哪？〔他吻她〕

少女：你不開燈嗎？

詩人：不，〔他變得非常溫柔〕告訴我，妳愛我嗎？

少女：是的，很愛。

詩人：妳曾這樣的愛過任何人嗎？

少女：我告訴過你沒有。

詩人：可是....〔他嘆氣〕

少女：嗯，那是我未婚夫。

詩人：我希望妳現在不要想他。

少女：嘿....你在幹什麼？....現在....現在....我們應該....

詩人：讓我們幻想現在是在印度的一個皇宮。

少女：我相信那邊的人不會像你這麼鹵莽。

詩人：傻瓜！哦，如果妳有一點點知道妳對我的意義。

少女：怎麼樣？

詩人：別老是把我推走，我沒對妳怎樣....還沒。

少女：可是我的束衣弄的我很痛。

詩人：〔不加思考的〕脫掉它。

少女：好，但你不可如此就動手動腳的。

詩人：噢，不會〔少女在黑暗中脫掉束衣，同時詩人坐上沙發〕告訴我，妳一點也不想知道我姓什麼嗎？

少女：噢，對，你姓什麼？

詩人：我情願妳不知道我的名字，可是我會告訴妳我幫自己取的名字。

少女：為什麼？有什麼不同嗎？

詩人：我寫作時用的名字。

少女：你寫作不用真名嗎？〔詩人靠近她〕哦！不要....求你。

詩人：什麼香水？好香。〔他吻她的胸〕

少女：你在扯我的襯裙。

詩人：脫掉它。把所有多餘的都脫掉。

少女：先告訴我，你愛我嗎？

詩人：我愛妳啊！〔他熱情的吻她〕我的寶貝，我愛妳，我的春天....我的....

少女：羅伯....羅伯。

＊　　　＊　　　＊　　　＊

詩人：剛才實在太棒了....我叫....

少女：羅伯....我的羅伯。

詩人：我叫畢艾畢茲。

少女：為什麼你要叫這個名字？

詩人：我真的名字不是畢艾畢茲，我只是這樣叫我自己，難道妳不知道這個名字嗎？

少女：我不知道。

詩人：妳不知道畢艾畢茲這名字，天啊！真的嗎？妳只是說說罷了，對不對？

少女：真的，我從未聽過。

詩人：妳從不去戲院的嗎？

少女：哦，去啊！就是最近我才和，你知道，我一個朋友和她叔叔去聽歌劇。

詩人：嗯，那就是妳都不看舞臺劇了！

少女：我都拿不到票啊！

詩人：我很快會給妳一些。

少女：哦，好啊！不要忘了哦！我要看喜劇。

詩人：好....好笑的....難道妳不想看悲劇嗎？

少女：不怎麼想看。

詩人：即使是我寫的？

少女：說下去！你為劇院寫東西？

詩人：抱歉，我只是想點根蠟燭，我們親熱過後我還沒看過妳呢，寶貝〔他點了根蠟燭〕

少女：拜託，我很害羞，至少，給我一個毯子。

詩人：等一下。〔他拿著蠟燭，檢視了她良久〕

少女：〔用手遮住臉〕拜託，羅伯！

詩人：妳真美，妳就是美的化身，也許妳就是自然女神，不可侵犯的純潔！

少女：哎喲！蠟滴在我身上了，你為什麼不小心點？

詩人：〔放下蠟燭〕妳就是我尋找多時的那個人，妳愛我—只愛我—即使我是個小店員，我真高興，我必須跟妳坦白一件事，直到現在我還有一點點懷疑，老實告訴我，妳真的不知道我是畢艾畢茲？

少女：嘿，我不知道你到底想幹嘛，我真的不知道什麼畢艾畢茲。

詩人：盛名是什麼！忘了我剛說的，忘記我剛跟妳說的那個名字，我叫羅伯，對妳來說我是羅伯，我剛才是開玩笑的，〔快樂的〕我根本不是作家，我是個店員，傍晚時我替民謠歌者彈琴。

少女：嗯，我現在全都搞糊塗了....還有你看我的樣子！怎麼了？你怎麼了？

詩人：很奇怪，從來沒有這樣過，寶貝—我幾乎哭了，妳深深的影響了我，我們會住在一起，我們會深愛著彼此。

少女：告訴我，你剛才所說的民謠歌者可是真的？

詩人：是的，可是妳別再問下去了！如果妳愛我，就別再問問題。告訴我，妳是否可以抽出兩個星期的時間出來？

少女：什麼意思？

詩人：啊？離開家啊！

少女：什麼？怎麼可以！我媽會怎麼說？反正，家裡沒我是不行的。

詩人：我幻想著那會有多美，一起幾個禮拜，單獨的在某個地方，完全幽靜的，在大自然的深處，妳，自然女神，是我的女神！然後有一天我們說再見，分手。

少女：你現在就在說再見了，我還以為你愛我。

詩人：就是因為愛妳，〔他彎下吻她的前額〕，妳這可愛的東西。

少女：來，抱緊我，我好冷。

詩人：該穿衣服了！等一下，我多點幾根蠟燭。

少女：〔起身〕可是別看。

詩人：好，〔站在窗前〕告訴我，寶貝，妳快樂嗎？

少女：什麼意思？

詩人：我是說總的來說，妳快樂嗎？

少女：可以更快樂些。

詩人：妳不了解我，妳已經告訴我很多妳家裡的情況，我知道妳並不是什麼千金小姐，我是說，先不說那個—當妳意識到妳活著的時候，妳覺得妳是真的活著嗎？妳知不知道妳在活著？

少女：有沒有梳子？

詩人：〔走至梳妝台，給她一把梳子，仔細的看著她〕天啊！妳看起來真迷人！

少女：不....不要！

詩人：請再待一會兒，我去買些晚餐，然後....

少女：可是已經很晚了。

詩人：還不到九點。

少女：哦，不，我要快點走了！

詩人：我們什麼時候才能再見？

少女：嗯，你什麼時候要見我？

詩人：明天。

少女：明天是星期幾？

詩人：星期六。

少女：哦，不行，我要帶我小妹去她監護人那兒。

詩人：星期天，乾脆....嗯....星期天....我必須跟妳解釋一件事，我不是畢艾畢茲，
　　　畢艾畢茲是我朋友，那一天我會跟妳介紹，可是星期天他們要演畢艾畢茲的戲，
　　　我會把票拿給妳，然後在戲院碰面，妳再告訴我妳喜不喜歡這個戲，好不？

少女：這個畢艾畢茲的故事....我一定全搞亂了！

詩人：等到知道妳對這齣戲的感想後我才會完全了解妳。

少女：好了，我準備好了！

詩人：那走吧！我的寶貝。

第八景

詩人與女伶

　　鄉間一家小客棧的房間。春天的一個傍晚，月圓，月色照亮了小山坡和草地，窗戶是開著的，一切都是靜止的，詩人與女伶進來，同時他手中的燈被吹熄了。

詩人：哦！

女伶：怎麼了？

詩人：燈熄了，反正我們也不需要，妳看，很亮，好棒！〔女伶突然跪在窗前，雙手合十〕

詩人：怎麼了？〔女伶沒出聲〕

詩人：〔走向她〕妳在做什麼？

女伶：〔生氣的〕你沒看見我在禱告嗎？

詩人：妳信上帝嗎？

女伶：當然，我不是無神論者。

詩人：噢，我知道了。

女伶：過來，跪在我旁邊，你也可以禱告，起碼一次吧，禱告不會讓你掉頭髮的〔詩人跪到她身邊，他手搭在她肩上〕放蕩！〔她起來〕你知道我在跟誰禱告嗎？

詩人：跟上帝，我猜。

女伶：〔很藐視的〕噢，是的，我是在跟你禱告。

詩人：那妳為什麼要看窗外？

女伶：乾脆告訴我，你把我帶到哪兒來了？騙子！

詩人：可是親愛的，是妳要來鄉下的，妳指定這裡的。

女伶：我選的不好嗎？

詩人：當然好，太美了，想想看這裡只離維也納兩小時，而且又是完全的僻靜。多美的景色！

女伶：不是嗎？如果你正好有這方面的天份，或許你可以在這兒寫詩。

詩人：妳以前曾經來過嗎？

女伶：我曾來過嗎？我住在這兒好多年呢！

詩人：跟誰？

女伶：跟富利茲，當然。

詩人：知道了

女伶：我喜歡他。

詩人：妳說過了。

女伶：好，如果你覺得無聊我就走了。

詩人：無聊？妳真是一點都不了解妳對我的意義....妳就是全世界....妳是....是保護神....事實上妳是神聖的純潔....對，妳....可是妳不該談到富利茲—現在。

女伶：也許我不該那麼說....對....

詩人：妳能承認真是太好了。

女伶：過來吻我。〔詩人吻她〕好了，我們該說晚安了，拜拜，我親愛的。

詩人：妳是什麼意思？

女伶：我要躺下來睡覺。

詩人：是的，好，可是說什麼，晚安....我要睡哪裡？

女伶：我相信這裡的旅館還有很多房間。

詩人：我不喜歡其他房間。不管怎樣我想我該點根蠟燭了！

女伶：是的。

詩人：〔把床邊小桌上的蠟燭點燃〕多漂亮的房間....還有這麼虔誠的人啊！什麼都不掛，只掛這些聖像，和這些人相處一定很有趣——一個完全不同的世界，我們對別人的生活方式知道的那麼少。

女伶：不要亂說了，把桌上的袋子拿給我。

詩人：這裡，我的愛。〔女伶從袋裡拿出一個小框框相片，放在桌上〕

詩人：那是什麼？

女伶：聖母像。

詩人：妳總是帶著她？

女伶：她是我的吉祥物，好了，你走吧！羅伯。

詩人：妳在開玩笑嗎？叫我走，不要我幫忙？

女伶：不，你現在一定要離開。

詩人：那我什麼時候回來？

女伶：十分鐘後。

詩人：〔吻她〕再見。

女伶：你去哪兒？

詩人：我將在窗前走來走去，我喜歡夜裡散步，這樣我的靈感最多，尤其是靠近妳—被

56

　　妳的渴望包圍，陷入妳的思緒中。

女伶：你說話像個白癡。

詩人：〔痛苦的〕別的女人可能會說我—像詩人。

女伶：好了，去吧，還有不要隨便就去勾搭那些女侍。

　　　〔詩人出去，女伶脫衣，她聽到詩人由木梯走下去，然後聽到他在窗下走來走去。當她準
　　　備好後，她走向窗戶往下看，小聲的叫著：「來！」詩人急忙跑上來，鎖上門，跑向她，
　　　她在床上，蠟燭已經吹滅了〕

女伶：好了，現在坐過來告訴我一件事。

詩人：〔坐到她身邊〕要不要關窗，妳不冷啊？

女伶：噢，不冷。

詩人：要我告訴妳什麼？

女伶：嗯，告訴我，現在我們在一起，是否造成你對別人的不忠實？

詩人：很不幸地，沒有。

女伶：你不必介意，我也是在欺騙另一個人。

詩人：這我倒相信。

女伶：你想會是誰？

詩人：親愛的，我怎麼會知道啊！

女伶：猜啊！

詩人：等一下．．．．嗯，妳的經理。

女伶：寶貝，我又不是歌舞女郎。

詩人：噢，我只是猜的。

女伶：再猜。

詩人：好，妳在騙妳的男主角—班諾。

女伶：呸！那人根本不喜歡女人，你不知道嗎？他正在跟他的郵差打得火熱呢！

詩人：喔，真的嗎？

女伶：吻我．．．．〔詩人擁抱她〕你在做什麼？

詩人：別再折磨我了！

女伶：羅伯，我給你個建議，上床來和我躺在一起。

詩人：接受。

女伶：快點！快點！

詩人：嗯，如果照著我的方式，我老早就在床上了．．．．聽！

女伶：什麼？

詩人：蟋蟀在外面叫。

女伶：你一定是瘋了，親愛的，這裡沒有蟋蟀。

詩人：可是聽得到。

女伶：好啦，快來啦！

詩人：我來了。〔他走向她〕

女伶：好好躺著....噓....別動！

詩人：嘿，要怎麼做？

女伶：我想你是想跟我親熱。

詩人：現在應該很明顯了。

女伶：有很多人都想呢！

詩人：一定的，可是現在這個時候我最有機會。

女伶：來，我的蟋蟀，從現在起我只會叫你蟋蟀。

詩人：....好。

女伶：嗯，我在騙誰？

詩人：誰？也許是我。

女伶：寶貝，你迷糊了。

詩人：也許是一個....妳未見過....一個妳不認識的....一個妳有意思可是妳又永遠遇
　　　不到的人。

女伶：請你不要胡說八道

詩人：....是不是很奇怪....甚至妳....還有，我以為....但不，會是....揉妳的....
　　　我是否該....來，來，來。

*　　　　*　　　　*　　　　*

女伶：這比演一場愚蠢的戲要好。你不覺得嗎？

詩人：嗯，我認為偶爾演齣很棒的戲真不錯。

女伶：你是說你的戲，你這自負的傢伙。

詩人：當然。

女伶：〔嚴肅的〕那的確是個很棒的戲！

詩人：那就好！

女伶：你真是個偉大的天才，羅伯。

詩人：趁這個機會妳該告訴我為什麼妳取消前晚的表演，妳沒怎麼樣吧？

女伶：我是為了要氣你。

詩人：為什麼？我做錯了什麼？

女伶：你很高傲。

詩人：高傲？

女伶：劇院的人都這麼認為。

詩人：這是真的。

女伶：可是我告訴他們你有高傲的條件。

詩人：他們怎麼說？

女伶：他們能說什麼？我們倆可不是普通朋友。

詩人：噢。

女伶：他們很樂意把我毒死，〔停了一會兒〕可是他們不會成功的。

詩人：先別想那些人，妳應該很高興我們現在在這裡。告訴我，妳是真的愛我。

女伶：你還要更進一步的證明？

詩人：噢，有些事是永遠無法證明的。

女伶：那你還要什麼？

詩人：還有，妳曾向多少人這樣證明過？妳愛他們嗎？

女伶：噢，不，我只愛一個。

詩人：〔擁抱她〕我的....

女伶：富利茲....

詩人：富利茲？我是羅伯，如果妳想的是富利茲，那我又是什麼？

女伶：你是個任性的人。

詩人：很高興妳告訴我。

女伶：告訴我，你驕傲嗎？

詩人：為什麼我要驕傲？

女伶：我想你有點條件。

詩人：那方面的？

女伶：對，那方面的，我蒼白的蟋蟀，叫聲呢？他們還在叫嗎？

詩人：一直在叫，妳聽不見嗎？

女伶：當然，我當然聽得見，但那是青蛙，寶貝。

詩人：你錯了，青蛙是哇哇叫。

女伶：青蛙當然是哇哇叫。

詩人：可是，寶貝，這是唧唧叫聲。

女伶：你是我遇見過最頑固的人，吻我，我的青蛙。

詩人：請別這樣叫我，我不喜歡。

女伶：那我該叫你什麼？

詩人：我有名字，叫羅伯。

女伶：哦，那太呆了。

詩人：但妳只要叫我的名字我就高興了。

女伶：好，羅伯，吻我———哦！〔她吻他〕你現在高興了吧，青蛙？〔她笑〕

詩人：我能點根香煙嗎？

女伶：也給我一根。〔詩人從櫃裡拿出個香煙盒，點了兩根香煙遞了一根給她〕

女伶：你對我昨天的表演一個字都沒提。

詩人：哪個表演？

女伶：嗯———

詩人：噢，對，我不在戲院———

女伶：我想你一定蠻喜歡你這個小玩笑。

詩人：真的，前天妳取消表演後，我以為妳生病了也大概不會完全恢復，所以我才決定不去的。

女伶：你錯過了很多好戲。

詩人：是嗎？

女伶：我演的很棒，大家看得臉都白了。

詩人：你看得見他們？

女伶：班諾對我說：親愛的，妳演的像個女神。

詩人：哈———前一天還病的很呢！

女伶：我真的是病了！你知道為什麼嗎？因為太想你了。

詩人：剛才你才說取消是為了要氣我。

女伶：你不知道我對你的愛，你根本就無動於衷，我發高燒，燒了一整夜。

詩人：妳太任性了！

女伶：你說我任性，我渴望你的愛，而你竟說我任性。

詩人：那富利茲呢？

女伶：別跟我提那個該死的東西！

第九景

女伶與公爵

女伶的房間，佈置的很豪華。中午了，窗簾還未拉開，床邊小桌上的蠟燭還點著，女伶睡在一張華麗的床上，毯子上佈滿了報紙，公爵身穿騎兵上尉的制服走進房內，站在門口。

女伶：哦，公爵。

公爵：妳母親允許我進來的，不然我也不會———

女伶：請進。

公爵：妳的手呢？對不起，我剛從街上來—妳知道，什麼都還看不見，對———在這裡，〔在床邊〕妳的手。〔吻她的手〕

女伶：請坐，公爵。

公爵：妳母親告訴我妳不太舒服？希望不是什麼嚴重的病。

女伶：不嚴重？我差點死掉。

公爵：噢，上帝啊！怎麼會這樣？

女伶：不管怎樣，麻煩你來看我真不好意思。

公爵：差點死掉？昨晚妳還表演的那麼好

女伶：我想那場戲還蠻成功的。

公爵：太成功了，人們都看的渾然忘我———更不用說我自己了。

女伶：謝謝你送我那些美麗的花。

公爵：噢，那不成敬意，小姐

女伶：〔目光轉到窗旁小桌上的一大籃花〕它們在那兒！

公爵：昨晚妳真的被花和花環給淹沒了！

女伶：那些還在我的化妝室，我只有把你的花帶回家。

公爵：〔吻她的手〕謝謝妳，〔她突然拿起他的手親吻〕小姐！

女伶：哦，公爵，別害怕，不會要你負什麼責的。

公爵：妳這個奇怪的東西———別人也許會說妳是個謎。

女伶：〔停了一會〕我猜波爾坑小姐是個——較容易理解的謎？

公爵：是的，小波爾坑不是什麼謎，雖然——我和她也只是一面之交。

女伶：真的？

公爵：哦，請相信我，可是妳是個麻煩，我一直想要的一個麻煩，其實昨晚我發現我一直錯失掉的歡樂，你知道嗎？昨天是我第一次看妳表演。

女伶：不可能！

公爵：嗯，是的，你知道，是這樣的，對我來說要準時到戲院是有點困難的，因為我習慣吃的很晚，所以當我到時大部分的戲都已演完了。

女伶：從現在起，你最好早點吃了。

公爵：是的，我已想過，吃飯也沒什麼樂趣，是不？

女伶：還有什麼能讓你覺得有趣的，小化石？

公爵：我也常常問我自己這個問題，我還沒變成石頭呢！一定有其他的原因。

女伶：你這麼認為？

公爵：是的，比如說陸陸，他總說我是個哲學家，你知道，小姐，他意思是說我想太多了。

女伶：他說的對——想太多是很無聊的。

公爵：我有太多空閒的時間，所以我才想那麼多，你知道，小姐，當他們把我調到維也納後，我以為這情形會改善；在這裡我可以找到刺激與議論，但基本上這裡和那裡其實沒什麼不同。

女伶：「那裡」是哪裡？

公爵：噢，南邊—你知道—小姐，在匈牙利，我部隊駐防的村子。

女伶：噢，那你在匈牙利做什麼？

公爵：就如剛才所說—服勤務。

女伶：為什麼你在那兒待那麼久？

公爵：嗯，很自然的就待了那麼久，就這樣。

女伶：這樣就足以令我發瘋了！

公爵：噢，不，其實有很多事要做的，你知道，小姐，要訓練新兵，馴服馬匹，而且匈牙利沒有你說的那麼糟，南邊很美的，還有落日—可惜我不是畫家，我常想，如果我是畫家，我會把它畫下來，部隊裡有個叫做史普蘭尼的男孩，他會畫—我講這個故事太無聊了。

女伶：噢，不，繼續，這故事很有趣。

公爵：你知道，小姐，你很隨和，陸陸也這麼說，很難得。

女伶：當然，在匈牙利是很難得。

公爵：在維也納也是啊！人都是一樣的，人多的地方是比較擁擠，這是唯一不同的地方，告訴我小姐，你喜歡人群嗎？

女伶：喜歡？我討厭人群，我不要看到任何人也不見任何人，我常常一個人，從來沒有人來過這兒。

公爵：你知道，正如我想的；妳討厭人，我猜，藝術家是這樣的，在高位的人———嗯，你很幸運；至少妳知道妳人生的目的。

女伶：誰告訴你的？我根本不知道我活著為什麼？

公爵：不見得，小姐，有名的——名聲——

女伶：那是快樂嗎？

公爵：快樂？小姐，快樂並不存在，人們最常議論的那些也不存在———比如說，愛情———就是其中一個。

女伶：你說的也許對。

公爵：歡樂——熱情——好，這些你無法爭論，是存在的，如果我喜歡做一件事而到忘我的境界，而且自覺到這種情境，這也是存在的，但當它消失了，它就是消失了，就這樣。

女伶：〔崇高的〕它消失了。

公爵：但如果一個人─該怎麼說─如果一個人不懂得即時行樂，或開始去考慮所有事情的因果問題，那就什麼都毀了，樂趣就沒了，因為事情的結果總是悲哀的，而起因卻是充滿了不定，就是說，這樣只會讓人變得——困惑，不是嗎？

女伶：〔點頭，睛睜的很大〕你真的很有內涵。

公爵：還有，小姐，一旦了解這點之後，就沒什麼不同了，不管一個人是住在維也納、住在南部、還是在史戴那曼格的小城，比如說——我的鋼盔在哪兒——好，謝謝，我們剛才在討論什麼？

女伶：史戴那曼格的村莊？

公爵：對，就像我剛剛說的，沒什麼差別，不管我是在賭場或在俱樂部，其實都是一樣的。

女伶：愛情跟這個有什麼關係？

公爵：當一個人相信這個道理時，總會找到可以愛的人。

女伶：波爾坑小姐，比如說。

公爵：我真的不知道妳為什麼老是提小波爾坑？

女伶：畢竟她是你的情人。

公爵：誰說的？

女伶：每個人都知道的。

公爵：很奇怪，我是唯一不知道的人。

女伶：你為了她跟別人決鬥。

公爵：就算我被射死了也不知道她是我的情人。

女伶：我的愛，既然你這麼紳士，就坐過來。

公爵：我很樂意。

女伶：〔她將他拉近，用手撥他的頭髮〕我知道你今天會來看我。

公爵：妳怎麼知道？

女伶：昨晚在戲院我就知道了。

公爵：噢，妳在舞台上就看到我了嗎？

女伶：當然，你沒注意到，我是為你表演的嗎？

公爵：怎麼可能？

女伶：當我看到你坐在第一排時，我好高興。

公爵：為了我？我一點也不知道你會注意到我。

女伶：哦，你那點自尊會把一個女人逼瘋！

公爵：好，小姐！

女伶：好，小姐？起碼把你的劍拿下吧！

公爵：可以嗎？〔他把皮帶打開，把劍靠在床邊〕

女伶：吻我。〔公爵吻她，她不讓他走〕如果從來沒有遇見你就好了。

公爵：我比較喜歡這樣。

女伶：公爵，你很虛偽。

公爵：我？為什麼？

女伶：想想看有多少人能想像你現在的樣子。

公爵：我非常快樂。

女伶：噢，我以為快樂不存在，你為什麼那樣看著我？公爵，我覺得你很怕我！

公爵：我說過的，小姐，你是個麻煩。

女伶：別再跟我發表你的哲學觀了———過來，你可以要求我，你要什麼都可以，你真英俊。

公爵：很好，我想請妳答應——〔他吻她的手〕今晚讓我再回來這裡。

女伶：今晚？——可是今晚要演出。

公爵：演出後。

女伶：你不要別的了嗎？

公爵：我會要全部——演出後。

女伶：〔受傷的〕到那時你就得哀求我了，你這糟糕的偽君子。

公爵：我們一直對彼此很坦白。傍晚的時候會更美——在演出後，比現在會更舒服輕鬆，我老覺得這門好像隨時會被打開。

女伶：從外面是打不開的。

公爵：你知道，我認為不該提前去破壞可能會變得更美的事。

女伶：「那樣」會嗎？

公爵：老實說，我不喜歡在早上做。

女伶：好吧！你是我遇見過最瘋狂的人。

公爵：我不是指所有的女人；雖然，一般來說，她們都一樣。但是，像妳這樣的女人——妳可以罵我笨蛋一百遍，但像妳這樣的女人，早餐前我是不忍親近的，所以妳知道——

女伶：哦，你真好。

公爵：妳了解我剛才所說的了，我想。

女伶：你怎麼想的？

公爵：像這樣——演出後，我會在馬車裡等妳，然後去吃晚餐，然後——

女伶：我不是波爾坑小姐。

公爵：我沒說妳是，我只是想把事情安排的很有氣氛——而晚餐可以點燃氣氛，然後最美的部分是我們一同坐車回家——然後——

女伶：然後怎麼樣？

公爵：然後——？看事情如何進展。

女伶：坐過來一點，再近一點。

公爵：〔坐在床上〕我覺得枕頭有一股香味，是木犀草，對不對？

女伶：你不覺得這裡很熱嗎？〔他彎下身吻她的頸子〕親愛的公爵，這好像不符你的時間表嘛！

公爵：誰說的？我沒有時間表，〔女伶將他拉向她〕真的很溫暖。

女伶：不是嗎？暗的好像傍晚——〔把他拉向她，扯開他的衣服〕已經傍晚了，晚上了，如果太亮就閉上眼睛，過來〔公爵不為自己找藉口〕。

＊　　　＊　　　＊　　　＊

女伶：氣氛的事呢？偽君子？

公爵：你這個小魔鬼。

女伶：怎麼這麼說？

公爵：好，那，小天使，

女伶：你應該當演員，真的，你懂女人，你知道我現在要做什麼嗎？

公爵：什麼？

女伶：我要告訴你，我不想再見到你了。

公爵：為什麼？

女伶：不，永遠也不要，你太危險了，你讓我鬼迷心竅，然後你現在站在那兒好像什麼事都沒發生過。

公爵：可是——

女伶：請你記住，公爵，我已經成為你的人。

公爵：我不會忘的。

女伶：那今晚呢？

公爵：什麼？

女伶：你說演出後要等我的。

公爵：噢，對，好，那後天—

女伶：什麼後天？我在說今天。

公爵：那不會有什麼意義。

女伶：化石！

公爵：你不懂，我指的是—該怎麼說—靈魂方面的。

女伶：我對你的靈魂沒興趣。

公爵：相信我，它是有關係的，我不認為你能把兩者分開。

女伶：請你別把哲學扯進來，我若是要研究，我會看書。

公爵：妳從書上是學不到東西的。

女伶：那倒是真的，所以今晚你要等我，在靈魂的議題上我們應達成一個共識，你這無
賴！

公爵：如果你願意—我會在馬車裡等。

女伶：你在這兒等，我家。

公爵：——演出後。

女伶：當然。〔公爵戴上劍〕

女伶：你在做什麼？

公爵：我該走了，如果這算是正式拜訪，我想我也待的太久了！

女伶：今晚不會是個正式拜訪。

公爵：你這麼認為？

女伶：是的，再吻我一下，小哲學家，這裡——騙子——你——小甜心——魔鬼——老
虎——你——〔幾個熱情的熱吻後她將他推開〕公爵，很榮幸。

公爵：妳的手，小姐〔在門口〕再會！

女伶：再見，史戴那曼格！

第十景

公爵與妓女

　　清晨六點，一間只有一個窗子的破房間裡，骯髒的黃色百葉窗還未拉起，外層罩著褪色的綠窗簾，衣櫃上有一些相片和一個俗氣的女帽。鏡子後面塞了幾把廉價的日本扇子，桌子舖了一張不值錢的紅桌布。桌上有一盞煤油燈，燈光很微弱，燈上罩著一個廉價的黃燈罩，旁邊一個小酒瓶裡還剩下一點啤酒和一隻空杯子。在床邊的地板上有一大堆亂七八糟像在匆忙中脫下的女人衣服，妓女在床上睡覺，呼吸均勻的，公爵，穿得很整齊，在躺椅上，躺在他的披風上，他的帽子在躺椅前的地板上。

公爵：嗯，我怎麼——我知道了——所以我是真的跟這女人回來了——〔迅速的起來，看到她在床上〕噢，她在這兒，我這個年紀還會有這種經歷，我一點也不記得了——他們把我抬到這裡，不，——我走進來，對，那時我還清醒著——還是我醒了後——也許只是這房間讓我想到什麼，真的——不，我昨天一定有看到〔看他的錶〕什麼，昨天？幾個小時前我就知道有事情會發生，我有感覺——可是發生了什麼？嗯，沒事—也許沒事—或者可能———？真的—離上次不省人事的那次已十年了，嗯，那次我是喝醉了，如果我能記得是什麼時候———噢，對了，我想起我是怎麼跟陸陸跑到妓女咖啡館然後——不，不—我們離開了咖啡館——然後在路上——對了，我和陸陸坐我馬車—哦，我幹嘛那麼傷腦筋？反正都一樣，好，該走了〔他坐起，燭光晃動，他看著睡著的女孩〕嗯，她睡的很熟，我什麼都不記得了，可是——我還是放點錢在桌上，再見了〔站在她面前注視了她一會兒〕如果我不知道她是做什麼的就好了，〔又注視著她〕我認識的人都沒有看起來那麼貞潔，即使是他們睡著的時候，真的—嗯，陸陸會說我又在大談哲學了，可是是真的，人在睡覺時都是一樣的—在我看來，像他弟弟的死——可是我想知道——嗯，我不可能忘記———不，不，我就倒在躺椅上———然後什麼事都沒發生——真驚人，有時女人看起來都一樣—好了，走了〔轉身要走〕噢，對了。〔他正要從錢包拿錢〕

67

妓女：〔醒了〕嗯，誰起的那麼早啊？〔認出他〕早啊！愛人

公爵：早，睡的好嗎？

妓女：〔伸懶腰〕哦，過來，給我一個吻。

公爵：〔彎下身，回過神來又迅速站起來〕我正要——

妓女：走了？

公爵：是該走了

妓女：你真的要走？

公爵：〔有點尷尬〕嗯———

妓女：好，那再見了，有空再來。

公爵：好，再見了，妳不給我你的手嗎？〔妓女把床單下的手伸出去，他機械式的接住，吻
　　　她的手，他克制住自己，笑〕像個公主！對了，如果我———

妓女：你為什麼那樣看著我？

公爵：如果我那時像這樣看到妳——在醒來的時候———一個總是看起來那麼無邪的——
　　　—我會有著各種遐想，如果煤油味不那麼重———

妓女：對，那煤油燈一直很討厭

公爵：你幾歲了？

妓女：嗯，猜。

公爵：二十四？

妓女：嗯，對—

公爵：妳是說還要更大？

妓女：我快二十了！

公爵：你做多久了———

妓女：我做這行已經一年了。

公爵：嗯，妳開始的很早。

妓女：太早總比太晚好。

公爵：〔坐上床〕告訴我，妳真的快樂嗎？

妓女：什麼？

公爵：嗯，我是說——妳——過的好嗎？

妓女：噢，我過的不錯。

公爵：所以——可是，妳不曾想過做些別的嗎？

妓女：我能做什麼呢？

公爵：你很漂亮，比如說，妳可以找個男朋友？

妓女：你以為我沒有嗎？

公爵：噢，是的，我知道—可是，我是說一個，你知道—只要有一個會照顧你的，你就
　　　不用拋頭露面了。

妓女：我不隨便跟人走的，感謝上帝，我不需那樣，我可以選人。〔公爵看著房間四週，
　　　妓女注意到了〕下個月我們要搬進城了，到史比格加斯。

公爵：我們？我們是誰？

妓女：嗯，夫人和其他幾個女孩。

公爵：還有其它的女孩———

妓女：隔壁——聽？那是蜜莉，她昨晚也在咖啡館。

公爵：有人在打呼。

妓女：嗯，那是蜜莉，她整天都在打呼，一直到晚上十點她才會起床，然後去咖啡館。

公爵：可是那是很糟糕的生活。

妓女：是啊，所以夫人很討厭她。像我總是中午十二點就上街了！

公爵：可是妳在中午的大街上幹什麼？

妓女：幹什麼？我找客人啊！

公爵：噢……自然是——對——〔他又起身，拿出他的錢包，放了一張鈔票在桌上〕再見！

妓女：要走啦？——再見——再來哦！〔她翻身〕

公爵：〔又停止〕告訴我一件事，那件事對妳來說一點意義都沒有了，對不對？

妓女：什麼？

公爵：我是說妳做那個時已不再感到快樂了？

妓女：〔打哈欠〕我很睏。

公爵：對妳來說都一樣，老或少，或——

妓女：你為什麼要問？

公爵：因為——〔突然想起一件事〕真的，我知道妳讓我想到誰——那是——

妓女：我看起來像誰？

公爵：不可思議的——不可思議的——現在我想要求妳一件事，先不要講話——〔他瞪著
　　　她看〕這張臉，就是這張臉〔他吻她的臉〕。

妓女：哦！

公爵：很可惜妳——不是做別的——妳應該可以賺大錢。

妓女：你就像法蘭茲。

公爵：法蘭茲是誰？

妓女：他是我們館子的服務生。

公爵：我為什麼像他？

妓女：他也說我本可以賺大錢—我應該嫁給他！

公爵：妳為什麼沒嫁？

妓女：不，謝謝你——我不要結婚，怎麼也不要，也許以後。

公爵：妳的眼睛——就是這雙眼睛——陸陸一定會說我是笨蛋——可是我想再吻妳的眼
　　　睛—像這樣，好，再見了，我現在一定要走了。

妓女：再見。

公爵：〔在門口轉身〕嗯——難道你不覺得驚訝嗎？

妓女：嗯，什麼？

公爵：驚訝我為什麼不要妳？

妓女：有很多男人早上都沒興緻的。

公爵：——好，〔自言自語〕要她去思考這些實在太蠢了——好，再見〔在門邊〕我真是庸人自擾，我知道這些女人只是為了錢———至少她還沒掩飾，這就讓我高興了。〔對她說〕你知道，我很快會再回來。

妓女：〔眼睛閉著〕很好。

公爵：妳通常什麼時候在家？

妓女：我都在家，只要找蕾歐卡蒂亞就可以了。

公爵：蕾歐卡蒂亞——好，嗯，再見〔在門口〕，我還感到有點醉，這比——在這裡跟這個——什麼都不做，只吻她，因為她讓人想起一個人〔他轉向她〕告訴我，蕾歐卡蒂亞，你常有男人像這樣就離開嗎？

妓女：像哪樣？

公爵：像我這樣。

妓女：早上？

公爵：——像他們跟妳在一起但什麼也沒做？

妓女：沒有，從來沒有過。

公爵：那妳怎麼想？妳以為我不喜歡妳嗎？

妓女：你為什麼不喜歡我，昨晚你就很喜歡我。

公爵：我現在也喜歡妳啊

妓女：可是昨晚你比較喜歡我。

公爵：妳為什麼這麼說？

妓女：你為什麼這麼問？

公爵：昨晚——告訴我，我沒有——就躺下去了？

妓女：當然有——和我在一起。

公爵：和妳一起？

妓女：對，你不記得了嗎？

公爵：我？——和妳一起？——對。

妓女：之後你立刻就睡著了。

公爵：之後——哦——是這樣的。

妓女：是的，親愛的，你一定是醉得不省人事了。

公爵：所以——可是——有一個很模糊的——再見——〔他聽著〕外面在幹嘛？

妓女：是佣人在工作，離開時給她點錢，樓下的門是開著的，所以你不用擔心管理員。

公爵：是的——〔在大廳入口，自言自語〕如果我只是吻她的眼睛就好了，本來可以是一
　　　個歷險記——嗯，不該發生的〔女傭為他開門〕哦——是妳——晚安！
女傭：早安！
公爵：是，當然——早安——早安！

La Ronde
輪舞

劇　照

演出前裝台的狀況

演出前技術會議　(Green Room)

演員暖身

換景中旋轉的布幕

第一景　妓女與士兵

第二景　士兵與女僕

輪舞 La Ronde

第三景　女僕與少爺

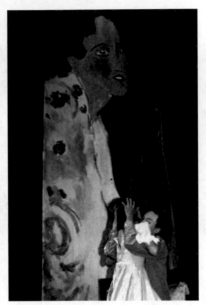

第四景　少爺與有夫之婦

第五景 有夫之婦與丈夫

第六景 丈夫與少女

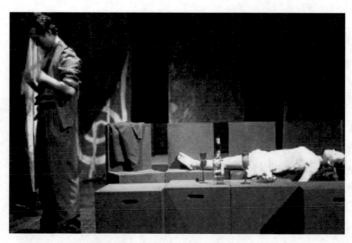

第七景 少女與詩人

第八景 詩人與女伶   第九景 女伶與公爵

第十景 公爵與妓女

二○○○年《輪舞》演出演職員表：

演出時間：二○○○年六月二十四日至二十七日
演出地點：國家劇院實驗劇場
導演改編：黃惟馨
技術指導：王孟超
執行製作：郭瓊華
排演助理：鄧福祥
舞台監督：趙中澄
行　　政：鄭曉元、趙曉吟、張正雯、李宛靜
舞　　台：黃荷景、蔡俊平、蘇淑玲、陳佩君、張景平、陳學儀、王威欽
燈　　光：蔡培文、許逢　、翁啟文、張景惠
音　　效：張心瀛、李宛靜
小 道 具：謝佩璇、陳美雲、巫旻璇、謝佳玲、林伶燕
服　　裝：李亞徽、黃妍菱、龍瓊瑜、劉文蓉、蔡瑜寧
化　　妝：許文甄、黃淑女、林赫群、曹育婷、鄭琇月
平面設計：賴宣吾
劇　　照：李開明
演　　員：妓　　女　林彥伶　黃艾雲
　　　　　士　　兵　朱庭輝
　　　　　女　　僕　潘佩臻
　　　　　年輕紳士　鍾坤益
　　　　　年輕妻子　方毓驀　蔡佳穎
　　　　　有婦之夫　何子祥
　　　　　甜美少女　鄭慈萱
　　　　　詩　　人　黃維靖
　　　　　女　　伶　鄭宜府
　　　　　公　　爵　張志群

感謝李開明先生慨允本書使用演出劇照。

國家圖書館出版品預行編目

輪舞 / 黃惟馨譯. -- 一版. -- 臺北市：秀威
資訊科技, 2003[民 92]
　面；　公分. –(美學藝術；AH0002)

ISBN 978-957-28331-7-9(平裝)

882.255　　　　　　　　　　92002176

 美學藝術類　AH0002

輪舞

作　　者 / 黃惟馨
發 行 人 / 宋政坤
執行編輯 / 林秉慧
圖文排版 / 劉美廷
封面設計 / 趙圓雍
數位轉譯 / 徐真玉　沈裕閔
圖書銷售 / 林怡君
網路服務 / 徐國晉
出版印製 / 秀威資訊科技股份有限公司
　　　　　台北市內湖區瑞光路 583 巷 25 號 1 樓
　　　　　電話：02-2657-9211　　　傳真：02-2657-9106
　　　　　E-mail：service@showwe.com.tw
經 銷 商 / 紅螞蟻圖書有限公司
　　　　　台北市內湖區舊宗路二段 121 巷 28、32 號 4 樓
　　　　　電話：02-2795-3656　　　傳真：02-2795-4100
　　　　　http://www.e-redant.com

2006 年 7 月 BOD 再刷
定價：250 元

讀 者 回 函 卡

感謝您購買本書，為提升服務品質，煩請填寫以下問卷，收到您的寶貴意見後，我們會仔細收藏記錄並回贈紀念品，謝謝！

1. 您購買的書名：＿＿＿＿＿＿＿＿＿＿＿＿＿＿＿＿＿＿

2. 您從何得知本書的消息？

　　□網路書店　　□部落格　　□資料庫搜尋　　□書訊　　□電子報　　□書店

　　□平面媒體　　□ 朋友推薦　　□網站推薦　□其他＿＿＿＿＿＿

3. 您對本書的評價：(請填代號　1.非常滿意 2.滿意 3.尚可 4.再改進)

　　封面設計＿＿　　版面編排＿＿　　內容＿＿　　文/譯筆＿＿　　價格＿＿

4. 讀完書後您覺得：

　　□很有收獲　　□有收獲　　□收獲不多　　□沒收獲

5. 您會推薦本書給朋友嗎？

　　□會　　□不會，為什麼？＿＿＿＿＿＿＿＿＿＿＿＿＿＿＿＿＿＿

6. 其他寶貴的意見：＿＿＿＿＿＿＿＿＿＿＿＿＿＿＿＿＿＿＿＿＿

＿＿＿＿＿＿＿＿＿＿＿＿＿＿＿＿＿＿＿＿＿＿＿＿＿＿＿＿＿＿＿

＿＿＿＿＿＿＿＿＿＿＿＿＿＿＿＿＿＿＿＿＿＿＿＿＿＿＿＿＿＿＿

＿＿＿＿＿＿＿＿＿＿＿＿＿＿＿＿＿＿＿＿＿＿＿＿＿＿＿＿＿＿＿

讀者基本資料

姓名：＿＿＿＿＿＿＿＿＿＿＿＿　年齡：＿＿＿＿　性別：□女 □男

聯絡電話：＿＿＿＿＿＿＿＿＿ E-mail：＿＿＿＿＿＿＿＿＿＿＿

地址：＿＿＿＿＿＿＿＿＿＿＿＿＿＿＿＿＿＿＿＿＿＿＿＿＿＿＿

學歷：□高中(含)以下　　□高中　　□專科學校　　□大學

　　　□研究所(含)以上 □其他＿＿＿＿＿＿＿＿

職業：□製造業 □金融業 □資訊業 □軍警 □傳播業 □自由業

　　　□服務業 □公務員 □教職　　□學生 □其他＿＿＿＿＿＿